実話コレクション
忌怪談

小田イ輔 著

竹書房文庫

目次

県道沿いの贄《にえ》

Ｏ氏の実家の近辺にある県道沿いの駐車スペースの話。

「俺が知っているだけでもここ五年で四人は死んでるね、自殺ってことらしいけど」

中心市街から大分外れた場所であることから、ある意味で死ぬには丁度いい場所なのかもしれないと彼は言う。

「まぁ、あそこであれば次の日の昼間には誰かが気付いて通報してくれるだろうしね。夜になれば人気《ひとけ》は失せるけど、車通りの多い昼間であれば誰かしら通りかかるもの。変な話だけど見つけて欲しくて死ぬっていうのもあるんじゃないか、と俺は思っているんだけれどね」

死にやすく、そして見つかりやすい。

自殺スポットとしては優秀な場所なのかもしれない。

「死因？　そこまで突っ込んで色々知っているわけじゃないからなぁ、それこそ練炭とか、薬とか？　車の中で死んでるんならそんなところじゃないの」

『こんな縁起でもない話をしに酒を飲みにきたわけじゃないんだけど』と苦笑しながらO氏はビールジョッキをあおる。そもそも彼と私は何の面識もない酒場で隣り合っただけの関係であり、お互いが何者であるのかすら知らない。

「幽霊とかそんな話は聞かないよ。もっと人口が多ければ噂にもなるのか知れんけど、年寄りだらけの寂《さび》れた町だもの、噂話で騒ぐ元気もない。相変わらず景気は悪いし明日は我が身かもって思えば尚更」


彼がまだ子供の頃は、自動車同士のすれ違いにも気を使うような細い道だった。

それが拡張され、片側一車線歩道付きの立派な道路となったのが十年程前だという。

その路肩にできたのがその駐車スペース。

「確かに昔から気持ちのいい場所ではなかったな。ちょうどその駐車スペースが出来た周辺、当時は草っぱらだったんだけど、鹿だのタヌキだのがよく死んでてね。そういやあれどうなってたんだろなぁ、朝に学校に行く道すがら『今日も死んでる』って思うんだけど帰り道にはもうその屍骸は無くなってたな。行政が回収でもしていたんだろうか」

そう言って、何かを思い出そうとするように黙り込んだO氏は「そういえば」と呟いて何度か首を捻り、怪訝《けげん》な表情を私に向けた。

「高校の頃、朝に自転車で通りかかった時に鹿が死んでたんだわ、そんで夕方の帰り道に同じ場所を通ったらこう、道路が点々と蠢《うごめ》いてるんだよな。何だろって思ったら蛆虫《うじむし》さ、道路に等間隔で」

鹿の屍骸は既に跡形も無く、しかしその屍骸のあった場所へ続くように道路を横断する形で、点々と蛆溜まりが続いていたらしい。

「うん、そう、足跡みたいだなってその時に思った。人の歩幅よりもちょっと広い感じで、蛆溜まりがそれぞれ三十センチぐらいかな、マカロニでも茹でてるみたいにワラワラってさ。見ればそれが道路横断して土手にまで繋がってて」

そんな光景を何度も目撃した記憶があるとのこと。

「小中学校への道のりは高校とは逆だから、あるいは俺が高校生になって見かけるようになる以前から、そういうことはあったのかも知れないね」

屍骸がカラスなどの獣に食い散らかされた結果、肉塊《にくかい》が点々とし、そこに蛆が湧いていたということだろうか？

「いやぁどうだろうなぁ。だったら血やなんかでもっと道路が汚れていてもいいようにも思うけど、臭いがするとかさ。そういう痕跡は無くって蛆だけ湧いていたから不思議に思って、それで覚えてるんだ」

道路が拡張され、駐車スペースができてからは鹿やタヌキが死んでいるようなことは無くなったそうだ。

「わかんないよ？　わかんないけど、こうやって喋ってみると、まるであそこでたびたび死んでた鹿なんかの代わりに人間が死ぬようになったっていう風に言えなくもないよね。畜生なんかと一緒にするなって話だけど肉の塊《かたまり》って意味で言えば鹿も人も大差ないでしょ」

「つまり、その場所で死ぬことに何某《なにがし》かの意味があるということですか？」

「だからわかんないって、でもあの場所をわざわざ舗装してアスファルトで固めちゃったのは人間だからねえ、知らず知らずに何かの尻尾を踏んでたってのはあるのかもね。幽霊どころじゃないようなモノの」

護りの役目

Ｉさんは、さる古刹《こさつ》の副住職を務めている。

山を削りとったような、岩肌の露出した道の奥にその寺はあり、はじめて訪れた人はまずその敷地の広さに驚くそうだ。寺の歴史は古く、Ｉさんの代で一九代続くという。

近年、こんなことがあったと話してくれた。

「ある檀家《だんか》さんなんですが『夜中に寺の墓地を落ち武者が暴れ回っていて具合が悪いから何とかしてくれ』って、突然言い出して」

その檀家は寺の近隣に住んでおり、古くから付き合いのある家系。

「これまでそんな事を言われた事がなかったので、どうしたもんだろうと思って」

Iさん自身には霊感などなく、何かが視えたりということもない。

そんな彼からしてみれば、墓地で落ち武者が暴れているなどという話は寝耳に水だった。

「ほんと、何か因縁があってとか、先祖代々そういう曰《いわ》くがあるとか言うのであれば、まぁ納得ではないにしろ腑《ふ》に落ちたりもするんでしょうが、そんなことは一切なくってね、そもそもそんな事を言ってくるのはその檀家さんだけでしたから、困ってしまって」

同年代で付き合いのある他の寺のお坊さんなどに相談しても、『なんだそれ』と爆笑されてしまい話にならない。

「自分で言うのも何なんですけど、うちの寺は結構由緒正しいお寺で、同業の中では名刹と認識されていますので、そんな『胡散《うさん》臭い』話とは無縁なんですよ、だからと言って古くからの檀家さんの申し出ですから無碍《むげ》にもできず……」

Iさんの父親でもある現住職は、寺同士の付き合いや宗派の会合、日々の仏事に忙しく、そのような話にかかずらっている時間的余裕は無いため、その件に関してはIさんが全ての処理を任される事となった。

「と言っても、一体何をどうすれば納得して頂けるのかさっぱりわからず……」

一度、相手の言い分をじっくり聞いてみない事には手の付けようがなかった。

「ですからそちらに出向いて、お話を伺ったんです」


その檀家の話は、次のようなものだった。

・最近、夜になると、墓地を落ち武者が暴れ回るようになった。
・このままでは私にも寺にも障《さわ》りが出る、放置してはいけない。
・対処として、寺の敷地の中にある稲荷の社に手土産を持参し、毎日お参りすること。

「それをしっかりやって貰わないと、孫なんかにも影響が出るから心してやってくれって、真剣なんですね」

その檀家は、お爺さんとお婆さんの二人暮らしで息子夫婦は町を離れている。

「まくしたてて来たのはお婆ちゃんの方です。お爺ちゃんは穏やかに『お願いします』って。年齢は二人とも七十代ですから、認知症に伴う何らかの症状なのかなとか色々考えました。これまで何十年とお付き合いがあった中で、そのような事を仰ったことは一度も無かった方々でしたし…… ただ生活は自立してらっしゃるし、家の中も綺麗で荒れた様子はありませんでしたので、素人にはその辺の判断はできず……まぁ、取りあえず言われた事をやってみようかと思いまして」

確かに、寺の敷地内に稲荷を祀《まつ》る社はあるのだそうだ。

「もともと、うちの宗派とお稲荷さんはご縁が深いので、歴史を遡《さかのぼ》ってみれば不思議なことではないんですよ。ただ、敷地の端の方にある社ですし、清浄に保つよう心掛けてはおりますが、毎日参拝するという事はしておりませんでした」

Iさんはそれから数日間、その檀家夫婦が願い出た通り稲荷の社を訪れて手を合わせた。

「一応、油揚げとかそういう感じかなと思って『手土産《みやげ》』も持参して」

すると、それまで毎日のようにあった檀家夫妻から苦情が止まった。

「私は二人に『検討致します』とは申し上げたんですが、お参りをしますなんて言っていないんですよ。お参りも、寺としてではなく、あくまで私個人の判断として行っていたにすぎないので、本当に効き目があったのは不思議でした。まさか私が手を合わせているかどうかを毎日観察していたわけでもないでしょうし」

　老齢の夫婦にとってみれば、山深い寺の広大な敷地の、その外れにある稲荷の社を毎日見張るのは困難だろうと思う。

「よくわかりませんでしたが、ご納得頂けたのであれば、それは結構なことだなと、稲荷へのお参りを止めました」

　しかし、その次の日「落ち武者がまた暴れ出した」と、例の檀家から再び電話でまくし立てられた。

「直感的に、これは良くないな、と思いました。問題は『暴れている落ち武者』ではなく、稲荷の社の方なのではないか、と」

　その電話口で例の檀家のお婆さんが口走った言葉に違和感があった。

『これからは油揚げばかりでなく、ぼたもちぐらい食わせろ』と、老婆は忌々しげに言ったという。

「まるで自分がそれを食べてでもいるかのような口調でしょう？　落ち武者が暴れ出したっていう苦情のはずが、最後にはお供えものの苦情に変わっていたんです。そもそも私が油揚げを供えているということを知っているのもおかしいし」

その日のうちに住職にかけあうと、夕暮れ前に二人で稲荷の社に向かった。

「半信半疑ではありました。ただ、稲荷の社を十分にお祀りしていたかと言えばそうではなく、本堂や山門の修繕はしても、そちらには手が回っていなかったというのが現状でしたし、父もどこかに後ろめたさのようなものがあったのかも知れません」

社の前で二人念仏を唱え始めると、ザァっと風が吹き木々を揺らした。

「それだけです、何かが出たとかそんな話はありません。ただ念仏を唱えた後で父が稲荷の社を修繕することを決めたのには驚きましたが」

どうやら、やはりIさんのお父さんには思うところがあったらしい。

「父の話では、その苦情を言ってきた檀家さんというのは、うちの寺の『護《まも》り』を司る役目として、開山の際に他所《よそ》の土地から一緒に移り住んで来た方々の末裔だと言うんですね。なので寺の周囲の重要な土地をその方々に代々管理してもらっていたそうなんですが、バブルの頃にその不動産の関係で何かトラブルがあったらしく、以来は親密な関係では無くなっていたんだそうです、だから今回の件に関しても私が進言するまでは、父もあまり関わり合いになりたくないと、そう思っていたようです」

それ以降、その檀家からの苦情はピタリと止んだ。

稲荷の社の修繕が終わる頃、老夫婦は二人揃って寺を訪れ「その節は失礼いたしました」と言って、深々と頭を下げた。二人とも穏やかな様子で、息子夫婦が住んでいる街の老人施設に入居することにした旨を伝えにきたのだという。

「それで、その檀家さんは離檀《りだん》なさったんです『最後にお勤め出来てようございました』って、多分、例の件に関しての事だと思うんですが、色々あった父は複雑そうな顔をしていましたね」

以上の話を終えた後、Ｉさんが言った。

「つまり寺の護りの家系が無くなったわけです。すると今現在、寺は護られていないってことになるんですかね？　何かから？」

今のところ、特に変わりはないとのこと。

ＯＫ！

Ｊ君は間もなく三〇歳を迎える男性である。

付き合って五年になる女性との間で、そろそろ結婚の話が出てきたという。

「ここまで来て別れるってのはないなって、ただ……」

いまいち踏み切れない理由があるのだそうだ。

「どういう風に話せばいいのか……。わけのわかんない話だし、でも嘘ではないんですよ」

私の向かいに座り、忙《せわ》しなく酒を口に運びながら、何かを考えるように頭を抱える。

「すっげぇ前からなんです、それこそ小学校とかそのぐらいから続いてるっていうか。確認はしていないけど、もしかしたらそれ以前から〝あった〟のかも知れない」

そんな前置きの末に話してくれたのは以下のような話である。

そのことについてＪ君が覚えているのは、一番古い記憶で小学校三年生の頃。

授業中、ふと気づくと自分の教科書に落書きがされてある。

『ＯＫ！』と書かれたその字は、どう考えても自分のものではない。

誰のイタズラなのか、教科書の隅に、目立たない様子でつつましく書きこまれていた。

なんとなく女の子の字のように感じたせいもあって悪い気はしない。

結果、彼はその字を消したり、イタズラをされたと大人に訴えることもしなかった。

それ以降、ふと気づけば『ＯＫ！』という落書きがある。

小学校・中学校・高校と、断続的に教科書やノートに書きこまれているその文字。

筆跡はいつも同じ、どことなく女性的なセンスが感じられるもの。

彼の田舎では子供の数が少ないこともあって、同級生の殆どが高校までを同じ学校で過ごす。小学校の頃の同級生が高校の同級生であるというのは珍しい事ではなく、つまりこの『ＯＫ！』の文字も、クラスメイトの誰かが思い出したように繰り返しているイタズラなのだろうと考えていた。もっと言えば、自分に気がある女の子の仕業だろうと確信に近い考えを持っていたらしい。

実際、十数人の女の子と小・中・高の学び舎を共にしている。いつかこの文字の主が改まって自分に接近を試みてくるだろうと胸を高鳴らせてもいた。

この希望的観測が、奇妙な色を帯び始めるのは彼が大学へ進学した年の春のこと。

講義で使っているノートの片隅に『ＯＫ！』の落書きがあった。

彼の出身高校から、その大学へ進学した同級生はいない。

一体〝誰が〟これを書いたのか？

何者による仕業であったのか不明のままだが、同級生の女の子からの愛あるイタズラであったはずの『ＯＫ！』。

ちょっとした青春の思い出だったそれは、ここから、それまでと全く違った意味を帯びて彼の現実に食い込みはじめる。

溜めていたレシートの裏、家電製品の保証書の端、部屋にある机の上。

気が付けば生活の端々に『ＯＫ！』の落書き。

柔らかい、サラリとしたしなやかな筆跡は見間違うはずもない。

一時はその文字の主に淡い恋心まで抱いていた彼であったが、大学を卒業する頃には、その思い出までもが薄気味悪い怪異の一端と成り果てた。

「やべえなって思ったのは、ギプスに書きこまれた時ですね」

社会人になって暫く経った頃、Ｊ君は左手首を骨折しギプスを巻いていた事があった。

三週間ほど不便な生活を続け、いよいよギプスを外す日。

骨はくっついているものの、怪我の程度を考えて、一週間程はカットしたギプスの下半分を保護的に装着していた方がいいという医師のアドバイスを受け、Ｊ君はそれに従った。

「俺はそれが自分の手に巻かれてからカットされるまでの一部始終を見てますからね。しかもギプスの内側って綿みたいなの巻くんですよ、擦れて痛くならないように。で、カットされた後はその綿がギプスの内側にくっ付いてるんです。三週間つけっぱなしですからその綿は汚くなってるんで除去されるんですが、看護師の人が俺の目の前でその綿を毟《むし》り取ったその下からですよ『ＯＫ！』って、全然オッケーじゃない。書き込めないんですよ、どう考えてもそんな所には」

その後も、たびたび現れる『ＯＫ！』だったが、最終的に更にとんでもない所に現れた。

「彼女の腹です。ってもそれはアイツが好きで彫ってもらったタトゥーですけど」

それは、彼女が彼と付き合い出す前に彫り入れたもので。つまりそういう関係になって初めて彼はその事実を知ったのだった。

「気持ち悪かったですよ、最悪でした。普通ワンポイントで腹に『ＯＫ！』なんて入れないでしょ？　嫌だなって思いましたけど、本人のことは好きですし……　幸い字体は例の落書きとは違ってたので、肯定的に……　運命か何かなんだろうと」

しかし付き合い始めて五年、彼女のタトゥーは体型の変化によって徐々に歪み、その姿を変え始めているとＪ君。

「最近、どうもあの字に似て来てるんです、妊娠とか出産とかありますから、このまだと間違いなくあの字体っぽい感じになるんだろうなと」

もう『ＯＫ！』の字に関しての恐怖心のようなものは無いとのこと。

「ここまで付きまとわれたら、もうそんなもんだって思うしかないじゃないですか？　別に薄気味悪い以外の害があるわけでもなかったし……」

　では、彼女との結婚に悩んでいるのは『ＯＫ！』がらみではないのだろうか？

「こっからはあくまで俺の考えなんですけど、子供ね、生まれた時に痣みたいなのがあったら嫌だなって、アイツのタトゥーがああいう風になるぐらいだから、そういう所まで考えておかないとならないレベルなんだよなって最近ずっと思ってて。予想通りだったら絶対嫌だし、かといってどうしようもないし……」

Aさんの話 1

その日、Aさんは当時付き合っていた彼氏の部屋にいた。

別れ話のもつれから言い争いになっていたそうだ。

別れたいAさんと、別れたくない彼氏。

それぞれの言葉は平行線を辿り、落としどころが見つからないままに時間だけが過ぎる。

話し合いも煮詰まってきた頃、彼氏が突然立ち上がり「頭冷やして来るわ」と一言。

台所のゴミ袋を手に部屋を出て行く。

気付けば、時刻は深夜。

それまでの緊張感から一時的に解放されたAさんは、自身の喉の渇きに気付いた。

目の前にある空のペットボトルを手に台所へ向かう。

捻《ひね》った蛇口から出る水を汲んでため息。

そのまま、何気なく風呂場に入ったという。

浴槽の縁に腰かけ水を飲んでいると突然、凄まじい閃光が走った。

電気を点けていない真っ暗な浴室が、昼間のように明るくなったというから相当な光量。

呆気にとられながら風呂場を出て周囲を確認するも、変わった様子はない。

1DKのアパートの風呂場に窓は無く、台所にも小さな小窓が付いているのみ。

ベランダに面した大きな窓にはカーテンが引かれている。

どこがどう光るとあそこまでの明るさになるのか見当もつかない。

茫然と台所に立ち尽くしていると、玄関の外から話し声が聞こえる。

どうやら彼氏が誰かと話をしているらしい。

今さっきの光に関してのものだろうか？

恐る恐る玄関のドアスコープから外を覗き見る。

彼氏は郵便局の職員らしき男から小さな小包のようなものを受け取っていた。

こんな時間に郵便配達？

更に様子を伺うAさんの耳にドアの向こうから怒鳴《どな》り声が響く。

二人とも笑顔で親し気な様子なのに、何故か互いに罵声を浴びせ合っている。

AさんはAさんでその様子から何故か目が離せない。

すると不意に、郵便局員らしき男が走り去った。

同時に、くるっとドアに向き直った彼氏とスコープ越しに目が合う。

弾かれたようにドアスコープから目を話し、しゃがみ込んだと同時に開くドア。

「何やってんの?」と彼氏。

「え、今の人だれ?」とAさん。

「今の人って誰?」

「今の、怒鳴ってた郵便局の人」

「はぁ?」

見れば、さっき受け取っていたはずの小包がどこにもない。

「え、今、郵便局の人が来てたよね?」

「何の話?」

何事も無かったかのような彼氏の振る舞いが更にAさんを混乱させる。

話を打ち切って、その日はそのまま逃げるように家に帰った。

Aさんの話 2

結局その彼とは別れたんです。それまでのお付き合いの中でのわだかまりもありましたし、あの頃は仕事も上手くいってなかったから、もう色々抱えきれなくなって。何よりあの夜の出来事を思い出すと……私が見たり聞いたりしたことが現実離れした話だっていうのは自分でもわかっているんですが、ただあれが幻覚とか幻聴だったとはどうしても思えなかったんです。

私の話を聞いた彼が「別れたいから妙な嘘をついている」って勘ぐってきて、別れ話はこじれました。もともとプライドの高いタイプだったから、多分私にフラれるっていうのが腹立たしかったんだろうなって思います。「自分から別れ話をするのは良くっても相手に言われるのは耐えられない」って面と向かって言われましたからね。でも私としてはもうそんなことはどうでも良くって、ただただ彼と一緒にいるともっと変な事が起こるんじゃないかと気が気じゃなかったので『嘘でも本当でも私の事を信じられないのならやっぱり一緒には居れない』って。状況を考えれば信じろって言う方が無茶なんですけど、変に思われてもいいからとにかく別れたい一心でそんな無茶苦茶を通したんです。

もちろん彼は全然納得なんてしていない様子だったので、実際は私の方から一方的に別れを告げて連絡も取らないようにしてっていう形でした。その後の事を考えれば、後腐れなく別れることができていればと後悔はあります。

彼、ストーカーになっちゃったんです。まぁストーカーっていうのはどうかとも思うんですが、どこにでも付きまとわれるってわけではなかったので……具体的には私のアパートのエントランスに立って私の帰りを待っているんです。私を見つけてもあっちは何も言ってこないし、もちろん私も話しかけませんでしたけれども、私が目の前を通り過ぎるのをじっと見ているんですね、それでこれは危ないかも知れないと思って、引っ越しました。彼に引っ越し先を知られないように注意して、夜逃げみたいに。

新しいアパートは前住んでいた所から二駅程離れた場所で、割と近いんですよね。

仕事のこともありましたし生活圏がいくらか被っちゃう分には仕方ないなと。ただ前と違って近所に友達が住んでいたのでそういう意味での安心感はありました。でもその引っ越し先でも変なことがあって……。

夜寝る前になると玄関の外が騒がしいんです。誰かが何かをブツブツ呟いているような声が聞こえてました。最初のうちは新居だしそういう風に聞こえる部屋なのかなとか、何かの聞き間違いだろうと決めつけて無視していたんですが……。三日も四日も続くので……嫌でしたけどドアスコープで確認したんですよ、彼だったらどうしようと思いつつ。

そしたら、ドアの向こうに等身大の黒いモヤみたいなのが集まっててブツブツ言っているんです。なんだろうコレって思って、何かまた変なことになるんじゃないかって、状況的にあの日のことを思い出したら体が固まっちゃって。

音を立てないようにドアから離れて友達に電話を掛けました。丁度彼氏が泊まりに来てるから一緒に私のアパートまで来てくれるっていうのでお願いして。

私はベッドの上で布団を被って、じっと友達が来るのを待ってたんです。電話を繋げたままだったので気分的には大分楽でした。友達は私の家までの道のりを実況しながら来てくれて『部屋の前にも変わったものはない』って言葉を聞いた時には本当、助かったと。

それでその日は二人とも私の部屋に泊まってくれることになったんです。

色々喋って夜更かしをしてウトウトし始めた朝方でした、私の電話が鳴って。

父が急死したって報せでした。

タイミングがタイミングでしたから、私よりも巻き込まれた二人の方が怖がって、何なの何なのって三人で言い合ったのを覚えてます。


それからすぐに地元に戻って、本当に元気な父だったので家族は茫然としていて……。私も、まだ気持ちの整理もつかないまま現実感も無かったんですが、母の話で『お父さん、ちょっと前から毎日のようにAは大丈夫かって口癖みたいに言ってたんだよ、これまでになく心配してた』って。

確かに何度も電話に着信はあったんです。父は多分私の声を聴きたかったんだと思うんですが、返信は短いメールで済ませて。

私、彼のことも引っ越ししたことも両親には内緒にしていたんです。落ち着いたら話そうと。遠方だったし、それにかこつけて地元に戻ってくるように言われるのが目に見えていたので……。なので父からの着信は無視していました。話したら多分泣いちゃうだろうし、そうなったらきっと全部喋っちゃうし……。だから連絡もろくに寄こさないでって言われた時には泣きじゃくりましたね。

結局、色々続いちゃったこともあって気持ちが持たなくなったんです。葬儀が終わってもアパートに戻る気になれなくって、仕事も辞めて地元に戻りました。

えーと、気持ちが持たなくなったっていうのは、あのモヤにしても、彼の部屋での出来事にしても、それが父の死とどう関係するのかなんてわからないし、全然関係ないのかも知れないんですけど、もしそうだった場合……を考えた時に、どういう形だったのかわかりませんが父が私を守ってくれたんだとして、それってつまり私のために犠牲になったっていうことなんじゃないかと、思っちゃって。やりきれなくなったんです。

今になって、あの頃、むしろ私自身が何かにかこつけて地元に帰りたかったんだなって思うんです。明らかに異常な体験をしても、彼がストーカーになっても、自分の素直な気持ちに気付けないぐらい疲弊して鈍感になってたんだとすれば、もっと決定的な出来事が起こる前の、あのタイミングだったのかなって。本当に娘思いの父でしたから。

虫の知らせ

T君のお父さんは矢鱈《やたら》と虫の知らせをキャッチする人だった。

「親戚に関しては殆ど完璧にその死を当ててたよ、後は近所の人とか、自分の友人とか、身近な人たち」

〝誰かが死ぬ〟というレベルではなく、完全に〝誰がいつ死ぬ〟を言い当てた。

病気で臥せっていた人が亡くなったというような、死ぬ可能性が高い人がそろそろという話ではないのだそうだ。

「例えばそうだな、前日の夕食時に親父が『あぁ……』とかって言い出すんだよ『どうしたの?』って聞くと『今○○さんが庭に来て柿の木に入っていった、明日かな』とか言い出す。もちろんその○○さんは庭になんて来ていない。すると翌日には、その○○さんが事故で亡くなったっていう話がくる」

事故死であるのだから、死の予測など立てられようはずもない。

よしんば、何か様子がおかしいとか、体調が悪そうだなどという前兆があったのだとして、それが事故に繋がったという話であればまだ〝鋭い観察力〟などという説明を付けられるのかも知れないが、前述した○○さんとは盆と正月に挨拶に行く程度の間柄であり、死の前には会ってすらいない。

「だからさ、虫の知らせっつーよりも殆ど予知に近いんだよ。何か不幸が起こるっていう漠然としたものじゃないんだからさ。親父が『虫の知らせだ』って言うから俺もそうなのかなって思っていただけで」

T君の祖母の話では、お父さんはまだ幼かった頃から妙なことを言っていたらしい。

「当時、親父と婆さんは二人暮らしだったんだけど、その数日前から『橋が落ちる、橋が落ちるからあそこ渡っちゃだめ』って近所中に言いふらした事があるんだって。ちょうど近くの川には木製の橋がかかってて、近所の人はその橋を通らないと随分遠回りしなくちゃならないから『ハイハイ』って感じで流してたようなんだけど、そっから間もなくしてチリ地震の津波が起こって、その橋は落っこちたっていう」

このケースなどはまさに予知と言って良い。

そうすると、例えばお父さんが何かを『知った』タイミングで、その対象の人物に警告やアドバイスなどをすることで、その未来を回避できたりはしなかったのだろうか？

「婆さんの話だと、親父は小さい頃には、よくそうやって色々と言って回ってたみたいなんだ。ただそれが良い意味で理解されたり、誰かに感謝されたりしたことは殆ど無かったって。逆に迷惑がられたり、苦情が来たり、親父のせいでってことにされたりしたらしい。だから婆さんはしつけとして『余計な事は言うな』ってのを徹底したんだと。大人になれば尚更、発言には責任が問われるからね」

つまりお父さんは、自分の予知能力を〝虫の知らせ〟というマイルドな表現に言いかえることによって、自らの手でその影響力を弱めていたと言えなくもない。どういうわけか、成人して以降は人の死に関する予知しかできなくなったらしいというのも、その態度に拍車をかけた。

「だから何か妙なことを口走るのは家にいる時だけでね、それも対象の人間がもうどうあっても助からないというか、どうなっても死んでしまうんだっていうタイミングでしか喋らない。柿の木に入って行った○○さんに関しても、それより前から何か思うところはあったらしいんだけど」

ある夏の暑い夜、T君が自室のある二階から飲み物を取りに台所に下りてくると、開け放した居間から話し声が聞こえて来る。もうかなり遅い時間、誰だろうと様子を伺うとそこにはお父さんが一人。

「うんうんって、何度も相槌をうってるんだ。一方的に喋っている相手に対してわかったわかったって言っているっていう感じだった」

不思議に思って顔を出したT君に対し、お父さんは「婆さん。今月の末だとよ」と言う。

「つーかね、婆さんはそもそもさっきまで一緒に飯食ってテレビとか見てるわけだよ。その時間は自分の部屋でラジオつけて眠ってるわけ。もしかしたら起きてたかもしれん」

しかしお父さんは「今ここで喋って行った、婆さんだよ」とT君に述べた。

「婆さん本人じゃないってんなら、婆さんのなにと喋ってたんだって話なんだけど」

しかして、お祖母さんはその月の末日に確かに亡くなったのだそうだ。

「それから何年かして、親父が異常に妹のことを気にするようになったんだ。ホントに突然。妹ってのは俺の妹で親父の娘ね。当時は地元を離れてたんだけど、これまでそんなことは全然なかったのに『Aは大丈夫か?』『Aとは連絡取れてるか?』って日に何度も言うもんだから、なんだかおかしいなって」

それが何らかの〝知らせ〟に関連している場合を考慮し、T君は妹さんに何度か連絡を取ったが、短いメールが送られてくるのみで、忙しい感じは伝わってきたものの変わった様子は見受けられなかった。

それからお父さんは、不穏な様子を隠さず、大事にしていた庭の柿の木を幹から切ってしまったり、アルバムに整理されている家族写真を並べ直したり、夜中に一人でどこかへ出かけて朝方に帰って来たりなどの奇行を繰り返した。

「話せば普通に話すんだよ、ただやっぱり何だか落ち着かない様子でね、アルバム出してきた時に『何やってんの?』って訊いたんだけど『わからん、わからん』って。意味不明なんだよ」

終《しま》いには半紙に墨で何か得体の知れない文字のようなものを書き、それを燃やしては首をひねるという完全に異常な行動を取り始めた。

「火を使い出したからね、こりゃ本当に認知症外来かなって思ってたら……」

半紙を燃やしだして数日後、夕飯時に「これでまぁ、大丈夫だろ」とお父さん。

「は？　何が大丈夫？って。そしたら『お前は一人でやれるな？』って言うから、母親と顔を見合わせてさ『まぁ、俺は大丈夫だと思うよ？』って言ってやったんだ」

お父さんはT君のその言葉を聞いてうなずくと、それ以上は何も言わず床に就いた。

「あの日、俺、何でか四時頃に目が覚めてさ。気になったんで仏間を覗いたら親父が倒れてて、あ、こりゃ死んでるなって、思って」


前話『Aさんの話』のAさんは、このT君の妹である。

逃げているような人

ある時期より、Wさんはそのアーケードを通るたびに『逃げているような人』を見た。
日によって目撃する人数は異なるものの、通るたびに誰かが逃げている。
明らかに生身の人間では無い。かといって、幽霊のようにも思えない。
幻覚にしては、場所が限定され過ぎている。
少し存在感が淡いような気はするが、その像が恐怖を伴うことは無い。
ただ、一体何から逃げているのか、何に怯えているのか、それがわからない。
逃げてくる人たちの方向は常に一定。
その方向の先に何らかの原因があると思われるが、それは見えない。
時々、Wさんと同じように『逃げているような人』を目で追う人を見かけた。
その人にも恐らく、同じものが見えていたのだろう。

Wさんはこれまで、幽霊のようなものを見たことは無い。
『逃げているような人』を見つめながら、彼女は思う。
本来であれば、もっと驚いたり、怖がったりするものじゃないかしら？
どうして自分はこんなに冷静なのか、むしろその方が怖く思える。
多くの人で賑わう通り、音楽、笑い声、手を繋ぐ男女に若い学生。
そんなありふれた日常を切り裂くように『逃げているような人々』
それを目撃し始めてから数週間。
彼らが、自分の方を見ているのに気付く。
これまでと異なるパターン。
逃げながら、チラリチラリとWさんを、Wさんの足元を見ている。
その視線の先、彼女の足元にあるのはうつぶせに倒れた人間。
女性、長身、横顔。
私か？
うつぶせに横たわる『自分のような人』は、Wさんが見つめると消えていく。
他の人々が逃げて行く中で、うつぶせのまま消えて行く。

これは、何なのだろう？
やがて『逃げているような人』は見えなくなった。
その場所を通るたび目に入るのは、うつぶせの『自分のような人』だけ。
やがて、Wさんはその場所を通るのを避けるようになる。
あの『自分のような人』が着ていた服を、自分が買った事に気付いたから。
あれは幽霊でも、幻覚でもなく――
警告のようなものかも知れない。
何かがあって、倒れることとなったのだ。

半年後、予期された事態をWさんはテレビで見たという。

察知

Nさんが今住んでいる町に引っ越して来たばかりの頃。
土地勘を得るため、休日は家から数キロの圏内を散歩がてら歩き回った。
店や病院、寺社仏閣、史跡に公園と、目ぼしい場所を一通り廻ったそうだ。
そんな散歩の帰り道、楽しさに任せてついつい歩きすぎてしまい時刻は一九時。
暗くなった道を歩いていると、道路沿いの一軒家が目に入った。
市道から少し小高い坂の上に立つ二階建ての住宅。
誰も住んでいないのか、道路から庭にかけて草が伸び放題になっている。
その住宅の周囲を、何かキラキラとしたものが縦横無尽に舞っていた。
興味をそそられ、その場で暫《しばら》くそれを観察してみるが何なのか判断がつかない。
人気《ひとけ》の無い建物とはいえ、坂を上ってまで確かめるのは気が引けた。

しばらくそのキラキラしたものを眺め、家路についた。

数か月後、すっかり土地勘にも明るくなった頃。
職場の同僚たちが昼休みに怪談話を始めた。
どこぞの公衆トイレの噂、出身学校の七不思議。
そんな話を楽しく聞いているうちに、ある一軒家についての話になった。
聞いて、Nさんは気付いた。どうやら例のキラキラ光る家の話らしい。
その家は今から四〇年程前に建てられたが今では誰も住んでいないという。
所有者が次々に不幸に見舞われるため、皆数か月で引き払ってしまうのだそうだ。
家の中には所狭しとお札が貼られており、夜には何者かの怪しい気配がする。
その家が建っている周辺は、縄文時代の貝塚の跡であり何か関係があるのかも。
そんな話だった。
実はあの日以降、Nさんはその家の下を何度も歩いていた。
特に夜、道路から見上げるとやはり例のキラキラが宙を舞っている。
それが気になって仕方が無く、つい通《かよ》ってしまう。

そろそろ本当に坂を上って確かめてみようと思っていた矢先だった。
すると――あれは？

その日の帰り、Nさんは遠回りして例の家の下を通った。
いつもならキラキラが飛んでいる時間帯、その日は何も見えない。
暗く、沈んだような雰囲気の一軒家が静かに佇《たたず》んでいるのみ。
以降、何度か通ってみたが、二度とあのキラキラを見ることはなかった。

「私がその家にまつわる話を聞いた日から出て来なくなるっていうことはさ、あのキラキラが、私がその家の曰くを知ったことを『察知したから』だと思うんだよね。逆に言えば、私があのキラキラを眺めていられた日々って、あのキラキラなりに何か理由があって出て来てたっていうことになるのかなって、そう思うの」
坂を上がってみなくてよかった、とNさんはため息をついた。

ずっとはあった

Rさんの自宅近くには、小さな雑木林があった。

「雑木林と言うよりは防風林って言う感じかな、この土地に古くから住んでらっしゃる大きな農家を守るような具合で、その家の裏手をぐるっと囲むように色んな木々が生えていたんです」

恐らく、その農家が家を建てた頃はRさんが購入した土地も含め、辺り一帯が田んぼや畑であったため、風や雪の直撃を避けるために設けられた林なのだろう。

しかし時代を経るにつれ、周囲は徐々に宅地となり、現在の閑静な住宅街に至る。

「うちの家を建てる前からあったものだとはいえ、邪魔なんですよね、林が。日当たりも悪くなるし、虫も出てくる。水はけも悪いのでジメジメしてて雰囲気が悪いなって」

そう感じていたのはRさんだけではなかったようで、周辺の住人が林の権利者である農家を訊ね「木を切ってもらえないか？」という話を何度かもちかけていたそうだ。

「かといって先方もすぐには首を縦に振らなかったみたい。『先祖代々のものだから』とか『私たちだけでは決められない』とか、イマイチしっくりこない感じでずっとかわされてたんだって話は聞いてました」

農家には八十近い老夫婦が住んでおり、家督息子は関東の大きな街に住んでいる。

その息子は煩わしい慣習などには囚われない現代人であるらしく、農家が所有している周囲の農地や空き地を宅地に造成し、売りに出していたのは彼だった。

どこか意固地になっているようにも見える高齢の夫婦に話をするよりも、息子が帰ってきたタイミングで話をつけた方が得策と考えた周辺の住民は、ある年の盆時期、帰省してきた息子に声をかけ、林の木々を伐採する言質を取った。

「息子さんの方も『ただ土地を遊ばせておくよりは駐車場にでもしたほうが良い』って、乗り気だったみたい。周辺にはアパートなんかも建ち始めていたから」

冬になる前には林の木々は綺麗さっぱり取り除かれ、更地が出来上がった。

しかし――。

「木を切り倒したら、その向こうにお墓みたいなのが出て来たの」

林の中にはずっとあったのであろう、これまでは生い茂る木々と雑草で人目につかなかった墓様の石組が五つも姿を現した。

木々をすっかり切り倒してしまったことで、閑静な住宅街は確かに日当たりが良くなったが、次いで出てきたそれらがいっそう美観を損ねる結果となった。

「あんなのがあったんだって、そうなってから初めて知った人が殆どで……」

ほぼ築十年以内の真新しいモダンな住宅が立ち並ぶその一角に、いつの時代のものかもわからないそれらの石組は明らかに異質な存在、近隣住民の中には「かえって薄気味悪くなった」と口さがなく語り出す者も出た。

「でも、あの林を切り倒すように要望したのはその人たちだし、それを快諾した息子さんもあのお墓みたいなのは撤去しなかったところを考えれば、もうそれ以上のことは言えないねっていう空気はあったよ」

それから間もなく、例の林があった近辺で交通事故が多発するようになる。

「殆どがご近所さんなの。これまで当たり前のように車で走ってた道路で、どうして今更こんなに事故を起こすの？ って不思議だったけど……」

かく言うRさん自身もまた事故を起こした一人。

「見晴らしも良くなってたし、昼間でも薄暗いなんていうこともなくなっていたから知らず知らずのうちにスピードを出し過ぎちゃったってのが直接の原因だよ。でも何ていうか〝気になる〟んだよね例のお墓が、それでついつい よそ見しちゃいそうになるの」

余りにも事故が頻発したため地区の寄り合いで話し合いが持たれ、注意喚起を呼びかける手製の看板が設けられたが、件数は減ったものの未だに事故はなくならないという。

「私たちが越してきて五年間、あの林があった頃は、事故なんてほんと一件もなかったのにね。となると、さ」

非科学的ではあるものの、原因を例の石組に求める者たちが現れ始めた。

「何かしらの祟りなんじゃないの？　ってご近所で噂が立ち始めて」

通学路を兼ねる道路でもあったし、子供たちが事故に巻き込まれでもしたら大変だと、ご近所の奥様方が騒ぎ始めた。その声に押されるように、今度は例の石組の撤去を求め旦那連中が動き出す。

「建前上は、住宅地の美観を損ねるから、撤去するなり隠すなりしてもらえないかっていう話だったみたい、うちは子供いないし、いくらなんでも馬鹿馬鹿しいと思ってその動きには加わらなかったけどね」

話し合いの席上、農家の主は頑として石組の撤去を拒んだという、それどころか、どんな由来のものであるのか、墓なのか何なのかという質問にも一切口を噤《つぐ》んだ。

「これはまた聞きだから、実際にどうだったのかはわかんないけどね。○○さんのお爺ちゃんこう言ったんだって」

『アンタ等が木ぃ伐れというからそうしたまで、馬鹿息子に騙されて可哀そうにな』

「状況を考えれば『木を切って欲しい』って要望を出したのは周りの人たちなわけじゃない？　なのに『息子に騙されて』ってオカシクない？　それに、事故が増えたのはそうなんだけど……『可哀そうにな』って……」

それ以上の出来事はまだ何もないとRさんは言う。

「ただね、日が当たるようになって水はけも改善されたにも関わらず、家の中に随分カビが生えるようになっちゃったの、うちだけじゃなくてご近所さんたちも皆そうで、困ってるんだよね」

みせこや

E君の家の側にある坂の中腹に、駄菓子屋を兼ねるタバコ屋があった。

近所の人間から『みせこや』と呼ばれたその店は子供たちの憩いの場。

カプセル販売機や綿あめの機械、シール付のチョコレート菓子、煙の出る紙。

当時の子供にとって魅力的な品の数々が所せましと並び、店先は連日子供たちで賑わった。

店を切り盛りしていたのは、六十代に差し掛かろうという威勢のいいおばさん。

E君たちは学校が終わると百円玉を握りしめて『みせこや』に向かい、十円、二十円の駄菓子を買い、店先ではしゃいだ。

「当時は某週刊漫画誌がすごい人気でね、どこの店でも売り切れちゃうんだ。それを『みせこや』のおばちゃんにお願いしておくと取っといてくれてさ、小学生の俺等でもちゃんと手に入るようにしてくれたり、いい店だったな」

漫画雑誌の予約制は小学生だけの特権で、中学校に上がるとその権利を下級生に譲るというしきたりがあり、その予約権を持っていることは上級生に認められた証でもあった。

店はその「継承制漫画予約」や万引きをした子供を家に上げ、猛烈な勢いで説教しながらも何故か駄菓子を大量に振る舞うというスタイルで名を馳せ、子供たちの間では『みせこや』での万引きはご法度というルールが出来上がるほど絶大な支持を受けていたという。

しかし、そんな店も近隣へのコンビニの進出とともに徐々に勢いを失っていった。

「良くも悪くも『みせこや』の常連は体育会系っつーか、地元のガキが代々の先輩の後を継いで新しい客となるガキを引っ張り込むみたいな縦社会だったんだ。当然、そこに混ざれない子供もいるわけ、そういう奴らがコンビニに走った」

コンビニでは予約などしなくても漫画雑誌が買え、『みせこや』では売っていないジュースや菓子、文房具などが手に入る。

「まぁ、俺等が使う金なんて微々《びび》たるもんだったから、直接の原因はタバコなんかの売り上げをコンビニにごろっと持って行かれたことなんじゃないかなと、今は思うんだけど」

E君たち熱烈な「みせこや支持者」は『コンビニご法度制度』を作り、仲間がコンビニで買い物をすることを制限するなど、子供なりに店への忠誠心を示したが、一人また一人とコンビニの便利さの前に敗北し、小学校卒業を前にしてE君もまたコンビニ派の軍門に下る事となった。

「いやぁ、辛かったっつーか情けなかったっつーか、普通なら小学校を卒業する前に自分の気に入りの下級生を連れて行って『今度からこいつお願いします』って漫画の予約権を継承するんだけど、俺はそれが出来なくってね、もうその当時は皆コンビニで漫画買ってたから」

結局、E君は中学校に上がっても『みせこや』で、漫画雑誌を購入しつづけた。

「義理ってんじゃないけどさ、うちの近所だったし俺にとっては便利だったってだけで」

その頃の『みせこや』にはもう往年の面影はなく、煙草の販売を中心として雑貨などを取りそろえた店構えになっており、賑やかだった駄菓子の棚には塩やソースなどの調味料が置かれ、カプセル販売機や綿あめの機械も撤去されていた。

E君も、毎週火曜日に漫画雑誌を買いに行く以外『みせこや』に行くことは無くなった。

「だんだんと店に置かれていた品物も少なくなってね、ガラガラの店の中でおばさんも寂しそうにしてたな」

ある日、E君は「暫く店を閉める」という旨をおばさんから話された。

「病気で入院することになったからって、せっかく通ってくれてたのに申し訳ないねってさ。そんなに変わった様子じゃなかったから俺も心配はしてなくて『ああ、お大事に』ぐらいの感じだったんだけど」

店は数か月しても再開しなかった。

「噂では癌《がん》で余命いくばくもないとか、人工透析を受けているから店に立てないとか色々言われてたけどね、実際のところはわかんない。ただまぁ俺個人としては『そんな大したことないんじゃないか?』と思っていたんだよね、あの日の様子を考えるとさ」

更に数か月、やはり店は再開しない。

「もう開かないのかなって、おばさんが無事だったとしても店の再開は無いのかも知れないって、その頃には思ってた」

その日、中学二年生になっていたE君は『みせこや』が開いているのに気付いた。

〝お、やってる、おばさん元気になったんだな〟

特に用事は無かったが、顔を見せに店に入った。

店の中は薄暗くガランとし、どの棚にも商品は置かれていない。

〝もしかして準備中？〟

それならそれで構わない、おばさんに一言かけられれば。

「すいませーん」

店のカウンターの奥、住居スペースに向けて声をかける。

すると間もなく、寝間着姿のおばさんが顔を出した。

ずいぶん痩せ細っていたがニコニコした笑顔である。

「どうも」と声を掛けるが、なんだか反応が怪しい。

いつもなら、やってきたE君に「学校はどうだ」などと威勢よく話しかけてきたおばさんは、ニコニコと笑顔で、ただ彼を見つめた。

〝病気の影響で喋れなくなったんだろうか？〟

予測外の事態に困惑しているE君の前で、おばさんはおもむろにしゃがみ込むと、足元からミントガムの束を取り出しカウンターに置いた。

〝いや、べつにいらねえしミントガム〟

そうは思ったが、ニコニコ顔でそれを目の前に出されては買わないわけにはいかないという雰囲気。

「じゃあ、下さい」

そう言って、ミントガムを手に取ったがおばさんは無反応。

ニコニコと笑顔を崩さず、E君を見つめてくる。

「どうも」とカウンターに硬貨を置くが、おばさんはそれを手に取らない。

お釣りがあるのだが、渡そうともしない。

〝おかしくなっちゃったのかな……〟

「また来ますんで」

笑顔のプレッシャーに押され、釣銭も貰わないままE君は店を後にした。

その晩、母親に「みせこやのおばさん、おかしくなったの？」と聞くと「はあ？

半年も前に死んだっちゃ、お通夜にも行ってきたよ」との返答。

独居暮らしだったおばさんの通夜と葬儀は、その年の春、街場のセレモニーホールで行われたそうだ。

「アンダにも言ったべど、覚えでないの？」

全く、覚えていなかった。

次の日、E君は『みせこや』の軒先を訪れた。

引かれたカーテンの隙間から恐る恐る中を覗くと、カウンターの上にミントガムの束とE君が置いた硬貨が置きっぱなしてあった。

キラキラと埃の舞う店内、おばさんの姿はどこにもなかった。

腰かけている人

現在三十代のEさんという女性から伺った話。

彼女の暮らしている地域に、ちょっとした大きさの石がある。

人が一人座るのに丁度いいくらいの大きさの石だが、わざわざ座りに行くような場所にあるわけではないので、その石の上には大抵、猫が座っていたりカラスが止まっていたりする。

Eさんはその石が顔を出している土手を通りかかった際に、ついつい見上げてしまうのが習慣になっているという。

「私が小さい頃に、今はもう亡くなったお祖母《ばあ》ちゃんが『あの石には時々金髪の子供が座っている事があるな』と言っていたのを覚えているんです。最初のうちは、その言葉がずいぶん印象に残っていたせいもあって眺めていたんですが、それが原因なのと、ちょっとした出来事があったせいで、もう忘れられなくなってるんですよ」

Eさんが中学三年生だった頃、友達とその土手の下を歩いていた時。

いつもの癖で歩きながら例の石にチラチラ目を配っていると、隣を歩いていた友達が「あ、女の子が座ってる」と言い、目を丸くして石を指さした。

しかしEさんにその女の子は見えず、からかわれていると思った彼女は「ホントだ！　金髪だね！」とその友達の冗談に乗っかる形で返答する。

すると友達は「あの娘、何歳ぐらいなんだろう、危ないな」と心配し始めた。

冗談に冗談を乗せて返したらまた冗談で帰ってきた、Eさんもまた「ホントだね、外国の子供かな」と更に上乗せ。

次はどう返して来るか期待していたところ、友達は心配そうな顔で立ち止まり「危ないよ！　大丈夫?!」と石に向かって叫んだ。

その演技があまりにも真に迫ったものであったため、Eさんが驚いてどう返したものか考えているうちに「あ！」という声を出し、友達は口を押え固まってしまった。

どうも冗談を言っているようには見えなかったが、Eさんが見る限り石の上には女の子など座っておらず、そうである以上はやはり冗談なのだろう。あまりにも難しい展開になり過ぎたため、リアクションを取るのを諦めて『ちょっとちょっと』と突っ込みを入れようとしたところ、友達が呆然とした顔で「飛んで行ったよね？」と言う。

思わず「うん」と頷いてしまったEさんに対し、友達は興奮した様子で「あれは幽霊じゃないと思うの、私とEが一緒に見たんだし、あんなに綺麗な子供の幽霊なんているわけないもの、それに金髪だよ？　妖精か何かかな？」とまくし立てた。

その段階になって今更『実は何も見えては居なかった』と言うわけにもいかず、曖《あい》昧《まい》に返答を返したEさんは、次の日に学校でその友達に会うまで、果たして彼女は本当に何かを見ていたのか、それとも計画されたドッキリのようなものなのか悩んだそうだ。

「たまたまお祖母ちゃんの言葉を知っていたから、冗談だと思って最初だけ『金髪だ』なんて話題を合わせる事ができたんですが、どうも彼女はそれを真に受けちゃったみたいで、次の日にはクラス中にその話題が広まっていました」

Eちゃんも一緒に見たことになっており、友達が嘘つき呼ばわりされないよう彼女もまた、それを見たことを主張しなければならない状況に追い込まれた格好。

早くもクラスの一部からは彼女たち二人を〝夢の世界の住人〟等と揶揄《やゆ》するような声が出始めていた。

「困った事になったぞと、友人をかばうためとはいえ、このままでは私も一緒に夢の世界の住人にされてしまう事になるなと、焦りました」

しかし事態は思わぬ方向に転がって行った。


遅れて教室にやってきたいわゆる不良グループの男の子たちが「あそこの石に座ってんのは刺青を入れたヤクザのオッサンの霊だ」と主張し始めたためだ。

どうやら、彼らのグループの先輩にあたる人たちがそれを目撃しており、土手をよじ登ってあの石に座るという行為は、彼らの中で罰ゲームの一つとして機能している程だという。

そのうちの一人が『見たのが女だったからオッサンも気を使ったんだろう』という謎のヤンキー理論で彼女たちの主張を遠回しに援護したため、Eさんたちを揶揄していたクラスの一部は口を噤《つぐ》まざるを得なくなった。

しかしEさんはかえって混乱した、自分がこの話題においてどういう立場を取るべきなのかさっぱりわからなくなってしまったからだ。

「そうなると、お祖母ちゃんの言っていた事は本当で、私の友達だって冗談でそれを言ったわけではないと考えた方が自然なような気がしてきたんです、ヤクザの霊が気を使ったのかどうかは別として」

それからしばらくの間、クラスではその話題が散発的に述べられるようになり、中には金髪の男の子を見たとか、あるいはヤクザ風のオッサンが煙草を吸っていた、等という眉唾情報もあった。

Eさんと友達も、頻繁にあの土手の下を通っては見上げてみたが、あれ以来、石に座っている女の子を目撃することはなかった。

「まぁ、私は『見た』ってことになっていただけで、実際に見てはいないんですけどね」

後年、地元で就職した彼女は三十歳も年の離れた職場の先輩から、あの石に関しての似たような話を聞いたそうだ。

先輩の弁によると、あの石の下を通ると頭に冷たいものが落ちてくることがあり、その理由として、石の上に正座したお婆さんが、気に入った男が通ると涎《よだれ》を垂らしてくるのだ、という話があったらしい、そのため、その石は先輩たちの間で涎石などと呼ばれていたという。

「誰かが座っているのかどうかは別としても、そういう想像力を掻き立てる石なのは間違いないですね」

Eさんは「石の上に誰かが座っていた」状況を目視したことがないので、お婆さんの言っていた事も、友達の言っていた事も、不良グループが言っていた事も、全てにおいて懐疑的ではあるのだという。

「でも、お祖母ちゃんと私の友達が同じ『金髪の子供』を見たっていうのはちょっと不思議ですね、私のお祖母ちゃん感性が若かったのかも」

あるいは、本当に座っていたのかも。

ニートを終える

H君は大学卒業後ニートだった時期がある
就職活動というものを一切せず、まぁ大丈夫だろうと高をくくっている間に卒業。結果、どうにもならない状態になって帰郷したのだそうだ。

「それこそ最初のうちは何件か職場をあたってみたよ？　だけど何処の会社受けても落ちるんだもん。『去年は何してたの？』なんてアホみたいな質問されてさ、あぁコイツ等話になんねぇなと思ってやめた」

それから暫《しばら》く寝暮らしていたが、威勢がいい割に小心者の彼はそんな日を過ごすうち、だんだんと焦ってきた。

「いやぁ、これホントにどうすんのって感じだった。どうしても先々のこと考えるでしょ？　親も焦《じ》れてきてるのがわかってたし、でもどうしようもないわけ、だって『去年は何してたの？』って言われるわけだから『去年はまぁ大丈夫だろうと思って何もしてませんでした』って、そんなね、身も蓋もない返答しかできないわけだから当時、俺は」

不安に押しつぶされそうになり、半年を過ぎる頃には夜も眠れなくなっていたそうだ。

「外に出るのも嫌になってくんだわ。親とも殆ど喋んなくなってたし、どんな顔して人に会えばいいのかなんて事をいちいち考えるようになってきたあたりで、もう、思い切るしかないなと」

一人旅に出ることを決めたのだという。

「どうせまた『卒業後は何をやってましたか？』とかって聞かれることは目に見えていたからね、まさか『ずっと寝ながら焦ってました』なんて言えないだろ。でも『旅に出てました』っていうならまだ格好がつくんじゃないかと思ったのよ。『旅に出るために一年間は就職しない事に決めてたんです最初から』って、そうすれば今年の一年はチャラになるなと」

ネガティブなのかポジティブなのか、よくわからないテンションで彼は支度を始めた。

「祖母《ばあ》ちゃんに車の免許取るからって言って金貰って、祖父《じい》ちゃんに車の頭金貸してくれって頼んで五十万作った、そんでそのまま家出した」

大荷物は持たず、殆ど身一つで家を出ると西に向かって歩き出した。

「家が太平洋側だったから、取りあえず日本海を目指したんだ。結局着かなかったけど」

彼の旅は、毎日のようにちゃんとしたホテルに泊まるなどしたために一か月程で資金が底を尽き、行き詰まった。

「ああ、俺は考えが甘かったんだなと。とりあえず徒歩で移動してたから交通費はかからなかったけど、一日歩き続けると足がホントに棒みたいになんのな、だから野宿は勘弁っていう気持ちになって、ついついホテルに泊まるわけだ」

そんな旅の、最終盤の出来事。

「もうその頃は手持ちの金が三万切ってて、帰りはやっぱり電車にするつもりだったんで正味のところ使える金は一万弱。野宿でもすればあと三日はいけるかなと思ってたけど、もう寒い時期だったんで、せめて風呂には入りたいなと」

その日は、折良く山間の温泉町にたどり着いていた。

「一応、旅の途中で寝袋は買ってたから、風呂入ってどっか屋根のある場所で眠ろうとウロウロしてたんだ」

しかし、時刻は二一時を過ぎ目ぼしい公衆浴場は受付を終了していた。

何件か廻り、唯一まだ受付に人がいる浴場を探し当て、滑り込む。

「おばさんが『しかたねえなあ』みたいな顔でオッケーしてくれて、ありがたかったね」

大きな照明が落された薄暗い浴場には人気《ひとけ》が無く、贅沢にも貸切状態。

「間もなく閉めますよってタイミングで滑り込んだわけだから、そりゃそうだわな、ラッキーだと、思ってたんだ……」

ゆっくりとはいえ、丸一日歩き通した体に温泉の湯は沁みた。

受付のおばさんは三十分程度なら待っていてくれるという、その言葉に甘え体を伸ばす。

十数分も湯船に浸かった頃、脱衣場の方でガヤガヤと人の声がしはじめた。

「あれ？　受付終了したんじゃないの？　って」

思いはしたが、自分のような例外がいる以上、他にも無いとは言い切れない。

脱衣場から聞こえて来る声は、どこか豪快な体育会系のノリ。

「入って来たのは全身に綺麗な模様のある人たちだったよ」

Ｈ君はすぐさま風呂を出ようと身構えたが、下手にいそいそとしては因縁をつけられかねないと考え、様子を見た。

屈強な体躯の男たちはかけ湯をすることなくジャボジャボと風呂に入り、Ｈ君を取り囲むようにして湯船に浸かった。

「失敗したなと思った。入ってくるのを邪魔しないように避けてたら、風呂の真ん中に取り残されちまって……」

出るに出られなくなった。

「ほら、彫り物のある人たちは公衆浴場には入れないってことになってるでしょ？だからこうやって営業時間外に入りに来てるんだろうなって、そうすると俺は完全に邪魔者っつーか余所者《よそ》っつーか、招かれざる客なわけだ」

男たちは無言でＨ君を見つめていたが、やがて一人が「頭が高いな」と言葉を発した。

「うわ来た、って思った、これは絶対俺のことだなって」

すると次々にあがる『頭が高いコール』

風呂を飛び出そうにも男たちの輪を突破しなければならない。仮に何かあったとしても、受付のおばさんもグルである可能性を考えると動くに動けない。

「仕方ないから鼻から上だけ出して湯船に浸かってみた」

それを受けて今度は『まだ高い』と声が響く。

「ってもうどうしようもないじゃない？　これ以上沈んだら息もできないし」

熱い湯に浸かりながらも、体は冷え切ったように固くなっていた。

不意に『沈めるか？』『沈める？』という不穏な声。

「おいおいおいおいって、シャレにならんぞと」

このピンチを切り抜けるためにH君は考える。

「もう、こっちから沈むしかないなと、できるだけ長く湯船の中で土下座してギリギリまで沈んでから『スミマセン！　失礼しました！』って体育会系的に挨拶して、それで切り抜けようと、そう考えた」

時間はない、思いつくやいなや実行に移した。

「でもさ、土下座するっつっても、水の中だから浮くんだよ、全然綺麗に決まらない」

湯船に顔をつけたまま、ぷかぷかぷかぷか無様に浮かぶH君。

その様子を見てか、周囲から笑いが起こった。

「ああ、笑ってるな、方向性は合ってるな、と」

必死で湯船に沈み込み、その場を和ませようと頑張るH君が次に聞いたのは悲鳴だった。

――え？　女？

思わず顔を上げると、目の前には受付のおばさんがいて目を白黒させている。

ついさっきまで笑い声をあげていたあの屈強な男たちの姿はない。

――え？　え？

事態を把握できず、呆けた顔で『え？』を繰り返すH君におばさんの声。

「大丈夫なの？　何やってるの！」

約束の三十分はとうに過ぎ、まもなく五十分になろうという時間。

着替えを含めても遅すぎると不審に思ったおばさんが薄暗い風呂場を覗けば、そこには珍妙な格好で風呂に沈み込むH君の姿。

「そりゃ、叫ぶわな」

周囲を警戒しながら、今あったことを必死で説明しようとするH君と、そんなH君の様子を見てますます不信感を募らせるおばさん。

「そんな客は来てないって、のぼせてないいんだったら帰ってくれ、って」

その晩、H君は釈然としないままにバスのターミナルで寝袋に包まって一夜を明かした。

「で、次の日に帰って来た」

彼が一か月をかけて歩いた道のりは、電車で半日足らずの距離であった。

「祖父ちゃんと祖母ちゃんに謝って、親父と母さんにも謝って、泣きながら寝た」

その後、心を入れ替えたH君は無事に地元での就職を果たした。


「ヤクザの幽霊ってこと？」

「いや、あれは多分なまはげ、土地柄的に。子供には子供なりのなまはげ、大人には大人なりのなまはげが出るんだと思う。俺みたいな悪い大人は心底ビビりでもしない限り何ともならんってのは、まぁ実体験としてな」

忘れる役

Ｐ君が大学受験を控えた年の一月、母方の祖父が亡くなった。

外孫だったＰ君は、祖父との思い出はあまりなく、特に悲しいとも思わなかった。

憔悴《しょうすい》した様子の母や、忙しく葬儀の準備に追われる父を尻目に、暇な時間帯は一人で受験勉強をしていたそうだ。


母の実家の二階、陽の当たる窓際で開く問題集。

夢中になって解いているうちに、妙な音が聞こえてくる事に気付いた。

「キャッキャッ　うぅぅうん　パン　パン」

幼い子供たちがキャッキャと騒ぐような声。

「うぅぅうん」と赤ちゃんがむずがるような声。

それらにパン パンと柏手《かしわで》のような音が二回続く。

ん？　柏手？　葬儀の最中に柏手もないだろう。

そう思って顔を上げ二階の窓から庭を見下ろす。

声は確かに外から聞こえたはずだが、それらしき姿は見えない。

まぁいいやと受験勉強を再開するも、しばらくして再び同じ音。

「キャッキャッ　うぅぅぅぅん　パン パン」

その後、断続的に聞こえて来るそれらに集中を乱され、勉強を中断し階下に降りる。

この家の家主である伯父に「こういう音が聞こえるんだけど」と説明すると、何故か唖然とした顔をP君に向け、首の後ろをしきりにさすりながら「かぁぁ爺さん持ってってくれんかな」と嫌そうな顔。

言葉の意味を図りかね、怪訝な表情を浮かべるP君。

それに気付いた伯父が慌てたように――、

「大丈夫だから、音の主は捜さんでね、大丈夫だから」と言う。

何だろうとは思ったが葬儀の場である、それ以上突っ込むのはやめた。

次の日、坊さんのお勤めが終わり、いよいよ出棺という時。

Ｐ君は祖父の棺に蓋をする際、遺体の周りに敷き詰められた生花の下に、伯父が子供用のおもちゃを滑り込ませるのを見た。まだ新しいもののように思えた。

帰りの車の中で、そんな事があったと母親に話すと既に知っていた様子。

伯父に聞いていたらしい。

「聞いたのがアンタで良かった」母親がそう言う。

母と同郷の父が「あとは早く忘れろ、お前なら大丈夫」と続けた。

一体何だったのか訊ねると「それは人に聞くものではない」と二人口を揃える。

なんなのかわからないが興味もない。教えてくれないなら別に構わない。

「すごく興味深いんだけど」と言った私に彼は――。

「俺が貴方みたいなタイプだったら、あの場は多分拗《こじ》れてたんだと思います。そういう役回りってのもあるんじゃないですかね、あの後の母の弁ではこれまでその役は祖父が担っていたものらしいです、深く詮索しませんでしたが、出来事は出来事として憶えたまま忘れる役、水に流す役だそうです。あぁ、でも乗せられて喋っちゃったな、まぁこれ以上は何もないです」

無かった思い出

Y君は小さい頃『同じ人間が二人いる』という状況を何度も体験している。

「例えば学校から家に帰るとさ、台所にも母親、居間にも母親っていうね、母親が二人居るわけ、それで俺はどっちかの母親に話しかけるんだけど、どっちかに話しかけるとそのタイミングではもう一人の方の母親は消えるんだ」

物心ついた時からそれは頻繁《ひんぱん》にあり、当たり前のように『母親を選択』していたため、別に不思議とも思わなかったと語る。

母親に限らず、同じような事は学校でもあった。

「昼休みに教室から校庭で友達が遊んでいるのを眺めていると、その中の一人が後ろの机で弁当食ってるんだよね。そんで弁当食ってる方に話しかけると校庭で遊んでた方は消えちゃう。そんなことが何回もあるから、いい加減知恵もついてきてたんで、他に一緒に遊んでいる奴らがなんでそれに気づかなかったのか不思議に思って聞いて回ってたんだけど、不思議ちゃん扱いされるから止めたな、めんどくさくなって」

そんな状況は中学校を卒業するまで続き、高校入学以降ピタリと止んだ。

「中学の部活を引退した三年の夏ぐらいから結構本を読むようになった、俺が見てたものはどうやらドッペルゲンガーと言うものらしいっていうことも知って、あぁでも母親も友達も死んだりはしなかったので厳密には違うのかもしれないけど、まぁそれに類似するものなんだろうと。それで、そういう現象自体が割と珍しいものらしいから記録でも付けるかと思い立ったんだ。それでキリもいいから高校の入学式の日に記録変わりの日記を書き始めたんだよな。そしたらそれ以降はドッペルゲンガーを見なくなっちゃった。日記だけ、未だに止められなくて続いてるけど」

その後、大人なったY君は、幼い頃の記憶に不思議な齟齬が生じる事があるという。何処《どこ》どこに行った記憶、何処どこにあったお店、あの時一緒に遊んだ誰々、そんな話が親や友人から出た時に、Y君には覚えがなく、ピンと来ない。

逆に、Y君が記憶しているイベントの数々を親や友人が覚えていない場合もある。そんな「無かった思い出」が無数にあるため、自分自身の経験してきた人生が、一体どこまで本当の話なのかわからなくなってしまっているそうだ。

「写真にとって保存してあるものとかは、大体大丈夫。ただ写真にもビデオにも保存されていないような日常的な記憶は結構周りの人間とズレてる。考えてみればそんな当たり前の日々なんてみんな注意して覚えていないから、仮にそれがお互いに一致した記憶だったとしても、ホントかどうかはあやしいもんだよなとは思うよ」

日記をつけ始めた高校以降は、確認する限り周りとの記憶のズレは生じていないとY君。

「だから止められないんだよ日記。俺の日常なんて俺以外に記録してくれる人間が居ないんだし、何かの間違いがあった時に何が何だかわからなくなる可能性があるだろ」

『どうでも良いような出来事をこそ、書いて残すんだよ』と彼は笑った。

幽霊だったって事に

今から十年前の出来事である。

D君はその年、東北の田舎から上京して働きだした。

大学卒業の時期が就職氷河期に被《かぶ》っており、一年の就職浪人を経験した後の話、希望通りの職種というわけにはいかなかったものの、それでも自分が学んできた経験を活かせる業界に拾って貰えたことは幸いであった。

「ただ猛烈に忙しかったです。十時から六時の勤務って話だったんですが、実際は九時から二十四時っていうのが普通でした。納期のある仕事だったので、作業が終わらなければ休日出勤でフォローしなければなりませんから、家になんて殆ど帰れなかったです」

東京には頼れる友人知人も居ない、それでなくても目まぐるしい都会の日常に圧倒され、自律神経を失調しそうになりながらも一人孤独に激務に耐える日々。

「いくら若くても、今思えばあれはなかったですね。勤めて半年で十キロは太りましたもん、いわゆるストレス太りってやつです。だけど当時はそんなのが当たり前なんだと思ってましたし、何よりも就職できないっていう恐怖を一年間味わった後だったので疑問も持たずに取り組めたんだと思います」

明らかな過労は、少しずつD君を蝕んでいった。

「睡眠不足ってのが一番こたえましたね、じっくり十分に休めない。目玉が熱を持ったようになってギリギリ痛むんですよ、それでも目を明けていられなくなるまで我慢してモニターを見つめてましたから、なんとも……」

そんな折、D君はふとしたキッカケで、ある女性と出会う。

「会社の近くにある喫茶店で知り合ったんです。僕なんかのどこが良かったのかわかりませんが、あっちから声を掛けてくれて」

ほっそりとしたスレンダーな体系にキツい目つきの丸顔、サラサラのショートヘア。

D君の好みにピッタリであったそうだ。

「本当にいい娘で……何回か会った後、僕の方から交際を申し込みました」

彼女は少し恥ずかしそうにしながらD君の申し出を受け、以後二人は付き合い出した。

「感性が合うって言うのか、一緒にいて全然ストレスが無いんです。二人で過ごして別れた後なんかは苦しくなるほどでした。寂しいっていうのとも違う、言い表せないような切ない気持ちになって」

彼女と過ごす甘やかな時間と、非人道的ですらある会社で過ごす時間に、あまりにもギャップがありすぎたのかもしれないとD君
「彼女とずっと一緒ならそれ以上の幸せはないなと思うようになりました。二人で居ると、本当に穏やかな気持ちになれたんです」

少ない時間を工面し、二人で都合をつけては逢瀬を重ねる。

「ゆっくり散歩しながら色々話して、時々何か食べに行ったり」

付き合って半年を過ぎる頃、D君にとって彼女の存在はもはや生きがいとなっていた。

しかし、まもなくクリスマスを迎えようという十二月の半ば、いつものように一緒

に食事をとったのを最後に彼女はD君の前から忽然《こつぜん》と姿を消す。

「最初は電話が繋がらなくなって、メールを送信しても宛先不明で送り返されるようになりました。心配になって彼女のマンションに出向くとそこはもうぬけの殻で」

以後、八方手を尽くして調べたが、彼女の所在はようとしてしれないそうだ。

長くなってしまったが、ここまでが前置きである。

このD君、彼女に行方をくらまされて後、パニック発作を繰り返すようになり、それから間もなく仕事を辞め、地元に帰省して来たのだそうだ。

彼は、自分が東京で経験した悲しい別れを友人・知人に滔々《とうとう》と話したが、そこで得られた反応は『それは、お前の妄想だったんじゃないのか?』というものだった。

確かに、二人の付き合いに関して詳しく話を聞いてみると、おかしな点が多々ある。

殆どがのろけ話なので大部分割愛させて頂くが、話の端々で違和感を覚えざるを得ないような内容なのである。何よりも、果たして十年前の時点で、半年も付き合いのある相手の元から、一日二日で忽然と姿を消すことなど可能であったのだろうか?

電話番号や、彼女の住所、名前等は、いくらでも捏造《ねつぞう》できる。

彼の話を聞く限り、『そんな女は居なかったんじゃないか』という結論に至るというのは十分に妥当な判断と思えた。

D君自身も、今となっては彼女が『現実には存在しなかった』であろうと八割がた納得できているのだそうだ。

しかし一〇年経っても、どうしても許せないことがあるのだという。

「『脳内彼女だった』っていうのは本当に嫌なんですよ、あそこまで入れ込んだ女が自分の妄想だったたっていうのだけは、ホントに勘弁して欲しいんです」

かといって、彼女の実在が証明できない以上、どうしようもないのではないだろうか。

「いや、ですからね、せめて『幽霊だった』ってことにできないかと思って、こうして話を聞いてもらっているわけなんです」

それは、どうなのだろうか……　そもそも『脳内彼女』を『幽霊』に置き換えた所でいったいどんなメリットがあるというのだろう。

「自分の妄想ってことは、自分と恋愛してたってことですよね？　自分の理想の女を頭の中で作って、それといいように付き合ってたっていう、これはね恥ずかしいですよ、情けないでしょ？　別な意味で悲しすぎる。でも幽霊なら他人じゃないですか？」

なるほど、言っていることは、わかる。

「だから、彼女は幽霊だったっていうことで話にして、もっともらしい事を書いてもらえれば、俺も、あとはそういうことだったんだって思うようにしますんで」

まあ、面白い。しかし幽霊の話だということにするには、それなりに幽霊っぽい現象なり何なりが起きていないと難しい。

「ああ、それなんですけどね。俺も流石にさっき喋ったような話をどうにかして幽霊の話にしてくれっていうんじゃないんです。実は、このタイミングでこうして話を聞いてもらっているのも、こういうものが出てきたからでして……」

そう言って、彼は封筒の中から、何枚もの写真を取り出した。

写っているのは、墓。

「これ、東京から帰って来た時の荷物が入っている箱の中から出てきたんです。帰って来てからすぐは、色々と精神的に苦しくて開けられなかったんで、そのうちそのうちって思っているうちに一〇年も経っちゃったので、いい加減大丈夫だろうと思ってこの前整理し始めたら、この封筒が入ってて」

見れば、全ての写真に墓が写っている。どこかの霊園だろうか？　墓の背後にも墓があり所々生花が供えられている様子が見受けられる。

「これ、D君が撮ったの？」

「いえ、覚えてないです。ただあの箱に入ってたっていうことはそうなんだと思うんですが、一枚だけ、どうしても説明できない写真があるんですよ」

「心霊写真ってこと？」

「これなんですけど……」

そこには、ドーナツの入った箱を片手に、うれしそうな顔で霊園を横切っている若かりし頃のD君の姿があった。別段、不可思議な点は無い。

「これ？　君だよね？」

「はい、そうだと思います」

「別に、不思議な写真じゃないけど？」

「画面はそうですよね、だけどこの写真、誰が撮ったんですかね？」

「え？　どういうこと？」

「こんな隠し撮りみたいな写真を一体誰が撮って、そして何で俺が持ってるんですかね？」

しかも、ロケーションは墓である。

「さっきも言いましたけど、俺は少なくともこういう写真を撮ったり撮られたりっていう記憶はないんです、覚えてない。それはまぁおかしくなってたんであれば絶対そうだったなんて言えませんけど、それでこれ、日付が……」

D君が例の『彼女』と『付き合っていた』という時期のものである。

「デジカメで撮ったものをプリントしてるってのも……俺は普通しないから」

「それにしても、この墓は全部別な墓だよね？」

「うーん、そっちのお墓の写真は、何なのかわからないんですよねぇ。ですからコレの写真を上手い具合に俺の記憶と当てはめてですね、いい感じで想像で補ってもらって、幽霊話にしてもらえませんか？　幽霊と恋して、写真まで撮ってもらったっていう、切ない感じでいいんで」

いやあ、下手に話を作るよりも、このやりとりの方が面白いよ、D君。

ブランコ

L君の家の庭には、鉄で出来た手作りのブランコがあった。

溶接工として、職業学校で教師もしていた彼の祖父が作ってくれたものである。

対面式の丸っこく可愛らしいデザインのそれは、幼い彼へのプレゼントとして庭に据え付けられ、L君や近所の同世代の子供たちを大いに楽しませた。

丈夫に作られていたのだろう、L君が荒っぽく扱ってもビクともせず、中学に上がる頃まで現役で動いていた。

「どうやら、それは祖父が一人で作ったものではなく、当時祖父が勤めていた職業訓練校の生徒さんなんかと一緒に組み立てたものだったらしいんですね」

ある日、恩師である祖父を訊ねてきた当時の生徒がたまたまそのブランコを見かけ、譲り受けたいと申し出た。彼はそのブランコ作りを手伝った一人で、自分に娘が出来たので補修した上でプレゼントしたいとのこと。

庭にブランコがやってきて十年余り、もはやL君が遊ぶでもなく、オブジェと化して朽ちるに任せていたものである、誰も反対はしなかった。

後日、ブランコはトラックの荷台に乗せられ、新たな主の元へと向かった。

数週間後、再塗装され新品のようになったブランコに乗って楽しそうにしている女の子の写真が送られてくるにつけ、L家の面々はよかったよかったと笑い合った。

しかし、それから半年を待たず、ブランコは再びL家の庭に戻って来ることとなった。


「いやそれがね、その生徒さん（以後T氏とする）の娘さん（以後Rちゃん）が不思議な事を言うっていうんですよ」

Rちゃんは、ブランコがやってきた当初は喜び勇んで、毎日のようにブランコ遊びに興じていたが、ある日を境にパッタリとそれを止めてしまった。

折角自分が腐心して修復したブランコである、残念に思ったT氏が娘に話しかけてみるとRちゃんは「ブランコがおうちに帰りたいって言ってる、もうRは乗せたくないんだって」と泣き出したのだそうだ。

子供の言う事である、T氏は「そんなことないよ」と娘に語り掛けたが、Rちゃんは頑として譲らない。「こんどRが乗ったら怒るからって言ってるもん」と怯えた様子すら見せた。

『はて、そんな事があるんだろうか？　少なくとも自分も制作に携わった一人である、このブランコにそこまで嫌われることは無いハズだが……』

そう思ったT氏は、嫌がるRちゃんをブランコに乗せてゆらゆらと揺らしてみた。楽しい気持ちが勝れば、ブランコを警戒することも無くなるだろうという考えだった。果たしてその際、Rちゃんはブランコから有り得ない格好で転落し、頭を地面に打ち付けて怪我をした。

「Tさんも、目の前でその様子を見て驚いたって言ってました。けっして振り落とされるような勢いではなかったそうなんですが、何かにすくい上げられでもしたかのように、フワッと後ろに転がって、そのまま後頭部を打っちゃったと。それ以来、娘さんはブランコを見ただけで泣いちゃって、円形脱毛症まで起こしたらしいです」

そのような経緯をL家で話したT氏は、申し訳なさそうな様子で「ブランコ、お返ししてもよろしいですか？」と祖父に訊ねた。

「処分してしまえばいいのにって僕なんかは思ったんですけどね、だけどTさんとしては『ブランコが帰りたいって言っている以上、下手に処分しようとすれば何が起こるかわからない』って、それぐらい怯えてるんですよ、よっぽどだったんでしょうね、娘さんの件」


かくして、サビ一つ無い状態で再びL家の庭に戻って来たブランコは、それから後も何度か困った事態を引き起こした。

「ブランコが無くなってから庭が広くなったんで物置を買って設置してたんですよ、だからブランコを元の位置に戻す事は出来なくなってたので、まぁ誰も乗らないしなってことで物置の横にピッタリくっ付けるように置いてたんです、そしたらある日ガンガンガンって音がして、見てみると物置の側面がベコベコになってるんです、ブランコがぶつかったんだなってのは一目でわかる位置なんですが、何でぶつかったのかはわかりませんでした、誰が動かすわけでもないんで」

それを見た祖父が「これはもう解体してしまおう」と言い、後日L君も手伝っての解体作業を開始した直後のこと。

「まだ手も付けていないうちから、祖父が転んでしまって、手首を骨折しちゃいました。あれはタイミングがドンピシャすぎて怖かったですね」

極めつけは——

「僕が夜中に起き出して『これ、このままでいいから』って、ブランコ指さして言うっていうんですよ、当時はもう中学生ですからね、流石《さすが》に覚えてても良さそうなものなんですけど…… 全然記憶にない、両親も祖父もそれを見ちゃって『もう手出しするのは止めよう』って」


それからもう十年が過ぎようとしている。

製作者であるL君の祖父はしばらく前に亡くなっており、L君自身もまた家を離れた。

ブランコは、経年劣化によって既にボロボロになってしまっているが、まだL君の家の庭に置いてあるという。

「今は、母が布団を干すのとかに使っているみたいです。多分『処分しようか』っていう事になれば、また何か起こるのかもしれませんね。そういう雰囲気があるんですよ、だから両親もそのままにしているんだと思うんです。僕が子供の頃は何の問題も無いブランコだったんですけどね、あんまり楽しく遊びすぎちゃったからブランコにも里心がついたのかな。今はもう妙なことは起きてないって聞いてます。ああでも、僕が帰省するとキコキコ勝手に鳴りますよ、ふふ、犬みたい」

戻り声

夏の暑い日だったそうだ。

Eさんたちは仲良しグループで集まり河原でバーベキューをしていた。

地元の人間しかやってこない穴場スペース。

良い日よりにも関わらず、その日もEさんのグループ以外は見当たらない。

キャンプ用の椅子を並べ、賑やかに肉を焼く。

それぞれ皆が近所に住んでいることもあり、ついつい酒がすすんでしまう。

昼間から始まり、夕暮れ時。

飲み食いしながらわいわい語り合っていると、一人が「シッ！」と口の前に指を立てた。

皆が驚いて思わず黙る、次いで川上から「たぁぁうけてぇぇ」と声。

何事かと立ち上がり、皆で川の上流の方を覗きこむ。

川が蛇行しているため、遠くまでは見渡せないが声は聞こえる。

「たぁぁぁうけぇてぇぇぇぇぇ」

どうやら、徐々に近づいてきているようだ。

上流の方から流されて来ているのだろうか？

万が一に備え、何人かの男性が服を脱ぎ始めている。

場合によっては飛び込むつもりなのだろう。

固唾《かたず》を飲んで状況を見守っていると――。

「たあああああうけてえええええ」

目の前で声、しかし、誰もいない。

「ええ？」参加者から困惑した声が漏れる。

何人かは、手を結んで立ち竦《すく》んだようになっている。

勢い服を脱いだ数人も、固まったまま動かない。

「たぁぁあうけぇてぇぇぇぇぇ」

声がさっきまでと同じように上流の方で聞こえる。

「たぁぁうけてぇぇ」
段々と遠くなって行く。
いつの間にか、聴こえるのは川のせせらぎのみ。
全員が無言で、顔を見合わせている。
しかしEさんだけは全く別のものに目を奪われていた。
すぐ目の前の川面から、顔を半分だけ出してこちらを覗っている子供。
目の前で声が響き渡る前の段階で気付いていたという。
あれは、違う。
そう思い、皆には黙っていた。
その日は、それがきっかけでお開きに。
子供は、撤収作業の間も、Eさんたちを見つめていたそうだ。

隠れさして下さい

Cちゃんがまだ小学校に通い出す前の事。
両親は共働きで昼間は仕事に行くため、毎日お祖母《ばあ》ちゃんと一緒に過ごしていた。
お祖母ちゃんは、近所の友達を招いては日々茶飲み話に花を咲かせる。
その傍らで一人遊びに興じるCちゃん、そんな日々。

当時のCちゃん宅には色々な人が訪れた。
訪問販売の化粧品屋に服屋、魚の行商、移動販売の八百屋に置き薬の営業。
お祖母ちゃんはそんな人たちを快く迎え入れ、茶飲み話に混ぜて盛り上がる。
Cちゃんは、そんな楽し気な様子のお祖母ちゃんを見るのが好きだった。
しかし、殆ど毎日のようにやってくるものの、決して家に入れない、そんな存在もいた。
それは、当時四歳だったCちゃんと同い年ぐらいの男の子。
粗末な服を着た、鼻垂らしの、いがぐり頭。
「隠れさしてください」
そう言って、Cちゃんの家の茶の間を覗きこんでくる。
一体どこの子供なのか、茶の間に客のいない時間を見計らってやってくる。
お祖母ちゃんはその子供がやってくると口汚く彼を罵《ののし》り「帰れ！」と叫び声を上げる。
Cちゃんは、そんなお祖母ちゃんを見るのがたまらなく嫌だった。
お祖母ちゃんが叫び始めると胸が締め付けられるようになる。
あの男の子さえ来なければ、そう思うものの彼は毎日のようにやって来た。
「隠れさしてください」
そう言って、もの欲しそうな視線を茶の間に向ける。
時にお祖母ちゃんは、お酒を口に含むとブッと男の子に吹きかけることもあった。

泣きそうな顔で去っていく男の子を、Cちゃんは恨みがましく見つめた。

そんな事があったのを、彼女は中学の授業中にふと思い出したのだそうだ。

一体あれはなんだったのか、思い出せば思い出すほど不思議。

お祖母ちゃんはどうしてあんなに怒っていたのだろう。

学校から帰ると、本人に訊ねてみた。

「Cちゃん、そんなごど覚えでんの?」

お祖母ちゃんは驚いたような表情でそう言った。

「祖母ちゃんはてっきり、わがってねぇもんだどばがり思ってだげんともなぁ」

訥々《とつとつ》と、お祖母ちゃんが語りだしたのは、戦前の話。

以下、Cちゃんの話を元に再現したい。

「祖母ちゃんがまだ若ぇ頃のごとよ、その頃ヒトシっつー甥《おい》っ子がいでな、祖母ちゃんはホレ、兄弟が一二人もいだがら、いっぺえ甥だの姪《めい》だの居だんだ。ヒトシは祖母ちゃんど齢の離れだあんちゃんの息子で、随分祖母ちゃんに懐いでで」

「『あねさんあねさん』って、どごさ行ぐにも付いできて、今の小学生ぐれぇの頃だべげども、まぁず、からせずねえ(小うるさい)子供だったでば、んでも愛嬌あって、いっつもニコニコってでな、祖母ちゃんもめんこがって(可愛がって)だの」

「そのヒトシが死んだのはアレが十歳の頃よ。下痢が止まんねぐなって、どんどん細こぐなって……ただ家の人たちは『赤痢だがら寄るもんでね』って、ヒトシんどこ診なくてよ。だげんと昔のごとだもの、薬もねぇんだもの、せめで誰が側にいでやんねえど可哀そうだべど思って、祖母ちゃんヒトシの看病してだの」

「『あねさん水けろあねさん水けろ』って、ヒトシがうわごと語りに語ったやづ、祖母ちゃんその頃わがんねくって『水なんか飲むもんでね』ってヒトシに語って聞かせだの……ホントは水飲ませねばわがんねがったやづな……水飲むど下痢になっからって、水ば飲ませねで……祖母ちゃんが殺したようなもんだ……」

「それで、ヒトシがそうなる前に、いづの間にが家さ上がって、ヒトシにくっ付いで回ってだのがあの童（隠してくださいという子供）よ、あれは赤痢よ、病気集《びょうきたか》りの化け物よ。いづの間にがおら家さ入り込んで、家の者みでぇに振る舞って、ヒトシの下痢が始まった日にどごさが行ってしまったの」

「その後も何回が、別な子供の死ぬ辺りになっと家の中覗ぎ込んで来るようになって、その度に命もって行がれでしまったの、祖母ちゃんそいづ覚えったがら、Cちゃんといるようになってまだあのガギ顔見せはじめだ時に、ヒトシみでえにされっと大変だど思って追い払ってだわげ……。ただ、Cちゃんがあの童ば見でだとは思わねがった、あれは家さっつーよりも祖母ちゃんさ憑いだもんだどばがり思ってだがら」

「あぁ、ほんでも良がった。アレが婆ちゃんの曾孫《ひまご》だのに関わったりすっごとも、もしかしたらばあったのがも知れねってごどだったんだな、あのガギ、随分しつこぐCちゃんの顔見さ来てだったがら、もしかしてど思ってだんだ。おっかながんねくても大丈夫よ、あの腐れガギ、あの頃に祖母ちゃんが押さえで頭潰したがらもう出て来ねでば、ヒトシならまだしも、Cちゃん持っていがれだら、婆ちゃん首吊んねばなんねどごだったがら」

Cちゃんのお婆ちゃんは九五歳まで生き、大往生を遂げたそうだ。

家族の都合？

Ｋさんは二十代の学生。幼い頃、狐に憑かれたことがあるという。

「私は覚えていないんですが……　すごかったみたいです。座ったまま急に飛び上がったりとか、夜中に居なくなったかと思えば次の日に何キロも離れた親戚の家の庭で寝てたとか」

彼女は当時まだ三歳、子供の悪ふざけにしては確かに度が過ぎている。

「どこかのお寺のお坊さんにお願いして何とかしてもらったそうなんですが、詳しいことは聞かせてもらえていません。とにかくアンタはこれ持っていればいいからって」

そう言いながら、Ｋさんは私の目の前に手の平程の小さな巾着袋を出した。

「お札です、狐もそうですけど他にも色々な悪いものから私を守ってくれるそうで」

可愛らしい刺繍の入った巾着袋は彼女の祖母の手作りとのこと。

この巾着の中に入っている札をこれまで肌身離さず身につけてきたそうだ。

「お風呂に入る時なんかでも、必ずこれを次に着る服の上に置いておくようにと言われて、小学校に入る前からの習慣なのでもう慣れちゃいました、面倒とも思わずにやってます」

彼女の許可を得て、その札を見せてもらった。私はてっきり紙の札だと思っていたのだが予想に反してその札は木製で、毛筆の細かな文字が無数に書き込まれていた様子が見受けられた。なるほど二十年間も肌身離さず身につけているというのも納得の風情。

「そのお札は絶対に水に濡らしたり傷をつけたりしてはダメだって言われていて、なので私もそれに従って大事にしてきたんです」

そう言った彼女の顔に視線を戻すと、ピタリと私に目線を合わせ言葉を続けた。

「この巾着袋だっておばあちゃんが内側から防水用のゴムを縫い付けてくれてるんですよ、中には真綿を敷き詰めて、包むようにお札を入れているので落としたぐらいじゃ傷一つ付きませんし、ちょっと水がこぼれても大丈夫なようになっているんです、ほら」

確かに、巾着袋の中には綿が敷き詰められ、しっかりと札を守っているように見える。

ただ、私が見る限り札の文字はところどころ滲《にじ》み、細かく削られたような跡が無数についている。明らかに何度も濡れたことがあると思われる滲み、綿で守られているとは思えないような傷。

「たまに何故か無性に濡らしたくなったり傷つけたくなったりする時があって、そういう時はつらいですね。自分の意志とは無関係に勝手に水につけそうになったりすることもあるんですよ。でもその直前でいつも気がつくので、考えてみればそれも不思議」

彼女の様子と弁を踏まえると、この札はこれまで一度たりとも濡らした事もなければ傷をつけた事もないということになる。あるいはそもそも最初からこの札が、今のように傷だらけの文字も滲んだ状態のものだったとするのならば、彼女の語ることに矛盾はないということになるが……。

彼女が語るには、この札は年に一回、祖母によって『お手入れ』を受けることになっているのだそうだ。すると、彼女の家族、少なくとも祖母はこの札がもはやボロボロと言っていい状態になっているという事実を知っているはずである。

このKさんと話していて気付いたのは、彼女が本来知っていなければならない情報の数々を意図的に遮断されているのではないかということだ。

彼女は自ら話す以外の内容に関して不自然に要領を得ない。

札がどういう『手入れ』をされているのか？　狐に憑かれた時に『なんとかしてくれた』僧侶は何者なのか？　どうして『濡らしたくなる』のか？　何よりもこの傷だらけシミだらけの札を本当に『綺麗な状態』として彼女は認識しているのか？

仮に彼女がある種の憑依体質なのだとして、それを札によって管理しているのはどうやら祖母である、しかしその意味と内容に関して彼女は本質的な所を全く教えられていないのではないか？　そんな疑問が湧いた。

どうにも着地点が見えない。話としてそれが悪いわけではないが……。

目の前にいる彼女に直接聞いてみれば全てはハッキリするのかも知れない『その札は既にボロボロですけど、冗談か何かおっしゃってますか？』と。

「このお札は、本当は人に見せちゃいけないって事になっているのですけど、今日みたいに私の話を馬鹿にせず聞いて下さる方にはこっそり見せちゃうこともあるんです。本当はもっと皆に見せたいんですよね、アクセサリー感覚っていうか、自分にとって大事なものを自慢したくなる気持ちってわかりますか？」

そう言って屈託のない笑顔を見せる彼女に対し、私はそれ以上何も言えず、その日は謝礼代わりの食事を奢って別れた。私の疑問の数々は、彼女の信仰に介入しそれを暴力的に暴くことだと感じたし、そんなことは私の本意ではない。

『伺ったお話を本に載せた際には連絡をします』と言って別れておきながら、先述の話を書かないまま一年が過ぎてしまっていた昨年の一一月、彼女からメールが届いた。『楽しみにしています』と言ってくれていた彼女に対し、次の本（前作・呪怪談）にも話を載せられなかったというお詫びのメールを送った事への返信である。

実はもう一度、日を改めて再度彼女への取材を試みようと思っていたのだ。

〝ボロボロのお札〟を〝綺麗なお札〟だと言う彼女に、やわらかく真相を問いただせないものかと悩んでいるうちに月日ばかりが過ぎていた。

メールの内容は、彼女の結婚の報告から始まっていた。

中国人の青年と恋に落ち、日本を離れることになったという。

中国の青年氏はプロポーズの際、彼女が肌身離さず持ち歩いていた例の札をフェリーの上から海に投げ捨て「あんなものが無くても僕が君を守る」と言い放ったそうだ。

彼女の弁によれば、それからと言うものまるで『憑き物が落ちたように』自分の人生を主体的に選択できるようになり、これまでの日々が『間違いだったと気付いた』とのこと。

あれだけ大事にしていた札を投げ捨てられたにも関わらず、あまりにも肯定的に状況を述べる文面に困惑しつつ読み進めると、追伸として以下のようにあった。

〝お札に関しては全てが逆でした
家族は捨てます
あなたも人が悪いですね〟

この言葉に関しては私なりの解釈もあるが、あくまで推測であり蛇足と判断し伏す。
以降、何度かメールでアポイントを試みたがKさんからの返信は無い。

その様子を見た

F君は『友達が見えない何かにやられた』瞬間を見たことがあるという。

そうだな、小学校六年の時だよ、クラスで缶蹴りブームがあったんだ。学校の敷地内だけでは面白くなくなっちゃって、住宅街とか、商店街とか山の中とか色んな場所で缶蹴りやってた。環境が変わると選択肢も変わるからね、面白かったよ。

その時は、あまり仲良くない友達の家で缶蹴りしてたんだ。そこん家は金持ちでね、敷地も広いし、納屋もあれば蔵もある、庭木も沢山植えられてて、色んな所に隠れられるからかなり白熱した。玄関前に缶があったから、そこの家の勝手口から家の中に入って玄関から飛び出るっていう奇襲作戦を考えてさ、家の裏に回ったんだよ、勝手口探しに。

そしたらね、その裏にちょっとした小屋みたいなのが建ってて、ああほら、ホームセンターとかで売ってるような小さいプレハブの事務所みたいな建物って言えば通じるかな?

一人部屋分ぐらいの広さの、結構小綺麗な。

なんだろって思って近寄ってみたんだけど、その小屋の周辺が物凄く臭《くさ》いのね、その当時は何の臭いなのか分かんなかったけど、あれ、今思えばションベンの臭いだな、ションベンが発酵したみたいなさ、酷い臭いがするわけ。

そんで鼻つまみながら近づいて、窓から中を覗いて見ると婆ちゃんが居るんだよ。あれ婆ちゃん、こんな臭《くせ》ぇところでなにしてんの? って、思いはしたけどその小屋の入口は鍵が掛かってて開かないし、婆ちゃんの方も俺を気にするでもなかったんでその場は一旦忘れて、奇襲作戦を決行したんだ。

缶蹴りが一段落してから、その家の子に訊いたんだよ。「裏に小屋あって婆ちゃん居たけど?」って。

その子の曾祖母《ひそぼ》なんだって。『頭がボケてて何するかわからないからああやって裏に閉じ込めてるんだ』って。汚ぇババアとか、ボケ老人とか酷い言いぐさだったけど、今思えばあれって、あの子がっていうよりも、あそこん家の親とかの言い回しなんだろうな。どっちにせよまぁロクな扱いを受けていないってことは歴然としてた。

あの臭いも、多分おまるか何かにクソションベンさせて、それをあの小屋の外に適当にまき散らしてたからなんじゃないかと思ってる。ハッキリ確認はしなかったけど、あのタイプの小屋に便所がついてるって事はないと思うんだよな。

そんで、そっから何か月か経って、何日かその子が休んでたんで、学校戻って来てから聞いてみたら、その曾祖母が亡くなったんだって。葬式だったたって。

まだ缶蹴りブームは健在だったから、じゃあ葬式も終わったんなら、そこん家でまたやろうぜって事になって、何日か後に皆で遊びに行ったんだ。

前回と同じように、またかなり白熱してね、そこはホントに色んなものがあるから面白《おもしれ》ぇんだわ、親は昼間は家に居ないみたいなんで、家の中も缶蹴りフィールドにしちゃってさ。

んでだ、しばらく夢中になって遊んでたんだけど、ある番になってから最後の一人が中々出て来ないんだよ、その家の子ね、残った一人って。

最後の一人ってことは他はみんな鬼に見つかっちゃった後だから暇してるんだよ。だから早く出て来いって呼びかけてさ、もっかい仕切り直そうぜって叫ぶんだけどサッパリ出て来ない。いつまで立っててもそうなんで、いい加減焦《じ》れてきちゃって、取りあえず皆でアイツ見つけようぜって事になったんだ。

まぁ、直《す》ぐ見つかったんだけどね、その子は家の裏の、あの婆ちゃんの小屋の前で立ち尽くしてたんだ、変に身構えたような格好のまま身動きもせずにね。

おいおいどうしたよって、他の連中と近くに寄って行ったらさ、そいつ急に『ワアア』って言い出して。それもさ『わあああ』って語尾を上げて叫ぶんじゃないんだよ。『ワアアア』って語尾を下げてね、短く『ワアアア』『ワアアア』って繰り返してるの、目を見開いてさ。なんだコイツどうしたんだろって、声かけても返事もしないでわーわー言ってるからちょっと不安になってきてさ、大丈夫か？　って頭小突いてみても何にも反応ないんだよ。

その子は小屋の中を見つめてるんだ、もう婆ちゃんは亡くなっちゃってるわけだから当然中には誰もいないんだけど、何でかずっと窓越しに小屋の中見てる。見ながら『ワアアア』『ワアアア』って、同じテンポで繰り返してるんだ、サイレンみたいに。

でだ、明らかにおかしい状態になってるってのは、そこにいた仲間全員が感じてたことだから、大人呼んでくるわって、何人かが一斉に走って行った。俺はちょっと小屋の中が気になったんで窓から覗いてみたんだけど、もうすっかり何もないの、空っぽで買ってきたまんまみたいな状態。するとコイツは何を見てるんだろと思ってね、小屋の中とその子の視線の先を交互に見てたら、どうもちょうど出入り口の引き戸の辺りを見てるんだよ。

開くかな？　と思って手をかけたら引き戸が開いてね、その瞬間にソイツ卒倒しちゃって。

両手を胸の前でブルブル震えさせながらイヤイヤするみたいに首振ってるんだ。あこれはいよいよマズイなって、今だからこうやって冷静に喋れてるけど、当時は俺も叫んだり驚いたりして、何よりも怖かったよ、何が何だかわかんないんだもん。

そっから少しして近所の大人が来てさ、その人が呼んだ救急車で運ばれてった。

その子の家は両親は共働きで留守だし、祖父《じい》さん祖母《ばあ》さんは家から離れた田んぼだしで結局、隣のオッサンが一緒に救急車に乗り込んで行ってさ。

缶蹴りなんてやってる場合じゃないから解散した、何だったんだろって言いながら。

次の日に、朝イチで缶蹴りメンバーが学校の会議室に呼び出されて、事情聴取みたいなのを受けたんだ。って言っても警察ではなくて学校の先生からなんだけどさ。でもまぁ見たままししか喋れないし、かといって見たままを喋っても何が何だかわかんないしで滅茶苦茶だったな、先生キレてたもん。

結局その子は何日間か入院して、一見無事で戻ってきたんだけど完全に別人みたいな雰囲気になってた、結構活発だったのにずっと静かになってて。あの日の事は俺等も気を使って極力触れないようにしてたんだけど、どっからか噂が流れて来てさ。発信源は、たぶんあの救急車に乗ってった隣のおっさんなんだろうけど、その子が救急車で搬送されながら『ババア！　寄るなババア』って、急に狂ったみたいに叫び出したって。

近所では有名だったらしいんだよね、曾祖母を閉じ込めて鍵かけてるって話、何よりも臭いがすごかったから隣の家のオッサンは迷惑してたんじゃないかな。それ以外にも曾祖母は変死だったとか、腐った食い物食わされてたとか色んな噂が流れて、結局その子は両親と一緒に引っ越しちゃった。あの家は祖父ちゃんと祖母ちゃんで住むことにしたみたいだ。

っていう話なんだけどさ、多分俺しか知らない事実があって、つっても大したことないんだけど。あの時ね、あの小屋の引き戸を開けた時にフワッと、例の酷い臭いが小屋から出たんだ。でもその後に改めて小屋に顔突っ込んでみたんだけど、嫌な臭いはしなくってさ、芳香剤みたいな香りだけで。

だから、もしかしたらあの臭いが霊か何かだったんじゃないかと思ってるんだ。

一九九二年八月の蛇

I君の家の近所に『はなたらしK』と呼ばれる、タチの悪い中学生が居た。

「小学生から小銭を巻き上げたり、店から漫画本を万引きしてくるように脅したり、暇つぶしだって言ってロケット花火で俺等を狙って来たり、ホントにろくでもない奴でした」

体は大きく、力も強いが、言う事やる事の全てがいかにも子供じみており、付近の小学生から大いに嫌われていた彼は、見るからに間抜けそうな顔で鼻の下に鼻水が乾燥したような白い痕が付いている事が多く、そこでついたあだ名が『はなたらしK』。

「はなを垂らしたKだから略して『はなたらしK』本人の前では言えませんでしたが陰ではみんなそう言って嫌っていました」

このはなたらしKは、小学生など自分よりも年下で力の弱いものには実に横柄な態度で接するが、自分の同級生や先輩には相手にもされておらず、学校ではどうやらイジメに近い扱いを受けていたようだ。

「だから奴より年上の兄貴がいたりする子供は見逃されるんですよ、狙われるのは俺みたいな一人っ子とか、上の先輩にツテのない小学生、馬鹿のくせに小狡《こずる》いんです」

はなたらしKは、部活などにも所属していなかったようで、学校が終わると近所で遊んでいる小学生にちょっかいを出しに公園などにやってきた。

「大体は気配を感じて逃げるんですけど、あんまり毎回逃げすぎると捕まった後の要求の水準が無茶な方向に跳ね上がるんですよ、学校の先生の車に傷付けて来いとか、奴が嫌ってる同級生に喧嘩売ってこいとか、犬のうんこ食えとかね、なので嫌でしたけど五回に一回ぐらいのペースで相手してやらないとならないんです」

ある五回に一回の日、Kの提案で『虫をどれだけ殺せるか』を競い合わされたそうだ。

「夏休み中でしたから、トンボとか、アリとか、その辺ですぐに捕まえられる虫だけでなく、自分で飼っていたカブト虫やクワガタなんかまで持ってこさせられて、目の前で殺させられた子供も居ました。奴が自分で殺すんじゃなくて、嫌がる子供にそれを強要して、その様子を眺めて楽しんでいるんです」

トンボを手で握り潰した子供、バッタを噛《か》み千切《ちぎ》った子供、カブトムシに生きたまま安全ピンを通して名札のように胸に付けられた子供。皆が死んだような顔でKに付き合った。

「最悪な事にそれが随分面白かったらしく、次はカエルやイモリ、盗んで来た亀なんかを殺すように言われて、ある子は生きたままライターであぶられる亀を持つ役をやらされて泣きながら謝ってましたよ、亀じゃなくて何でかKに」

集められるのは親や先生にKの振る舞いを告発できないような子供ばかり。

幼過ぎず大人過ぎず、半端に知恵が働き、その場をやり過ごす事で一時の安寧を得ることができる、そんな子供たちはKの「チクったらお前の家を燃やす」という発言を真に受け、彼の要求を満たす作業を断れなかった。

「本当にどう考えても無理っていう要求はしないんです、少し我慢すれば誰にでもできるような、それでいてその行為をすることに拒否感を持たざるを得ないような、絶妙なところを選んで来るので、下手に手を出すよりはその一回を我慢する方が得だと、そう思ってました。ええ、俺のことですけどね」

そして、事態は次の局面に進んだ。

「俺ん家では猫を飼ってたので、いつそれに目をつけられるかと冷や冷やしてたんですが、次は蛇でした。俺らが遊んでいた近所の山に、出来の悪い石垣みたいなのがある場所があって、そこは蛇が沢山住んでいることで有名だったんです。その場所から蛇を捕まえて来てそれを戦わせる、そういう事を言い出したんです」

小学生にはなかなか無茶な事のようにも思えるが、彼らはそれをやった。

「Ｋの提案で罠を張りました、田んぼとか畑に張る鳥よけのナイロン網をグチャグチャに絡ませたものを石垣の所に置いておくというものです。こんなんで捕まえられるわけねえと思って安心していたんですが、次の日には蛇がその網に絡まるように捕まっていました。Ｋはホントそういうどうでもいい知恵には長《た》けてたんです」

Ｉ君の弁によると、その蛇を一目見た瞬間に『ヤバい』と思ったそうだ。

「俺だけじゃなく、その場に居た他四人の子供たちも全員がそう思ったと思います、マムシだのヤマガカシだのの方がまだマシでしたね、白蛇だったんです、多分シマヘビ」

真っ白な体に真っ赤な目、しかしそれだけではなかった。

「体の表面に字みたいなのが書いてあるんですよ、まぁ書いてあるっていうかそういう模様だったんでしょうけど、読めませんでしたが習字の手本みたいなスラスラっとした字のような模様で……一瞬皆が引くぐらいの存在感を持っていました」

田舎の子供である、白蛇は神様の使いであるなどという迷信は既に吹き込まれていた。

「これはマズいだろうと、絶対普通の蛇じゃないと思って、話し合った結果逃がす事にしたんです、Kが来るまではまだ時間がありましたし」

しかし、網に絡まった蛇を救い出す作業は困難を極めた。

「最初は手で触るのに抵抗があったんで、ゴミ焼き場から持ってきた火ばさみで弄ってたんですけど、下手過ぎて綺麗な蛇がボロボロになっていくんですよ、見ていられなくなって最後には手でやりました。Kに何させられるのかわかったもんじゃなかったんで、用心に持ってきた軍手はめて」

何とか助け出しはしたものの、網から逃れた蛇は一向に逃げる気配がなく、その場でじっとしている。I君たちは捕まえて草むらに逃がそうとするが、手を伸ばすと今今度は素早く威嚇《いかく》してきた。は来た。そんなこんなを繰り返しているうちに、Kは来た。

Kはボロボロになった白蛇を見て「気持ち悪ィな」と言うや否やその頭を踏み付けた。するとKの足の下でうねるように動く蛇の尻の方から、白いものがぷるりと落ちた。

「卵だなって」

それを見たKは何を思ったのか、蛇の頭を左足で踏んだまま、そこに右足を揃えた。大きなKの足で踏まれた蛇がもがくように尻尾を振り回す。

そして、そのままの姿勢で滑らかに右足をスライドさせるK。

「最悪の光景でしたけど目が離せませんでした、震えながら眺めてました」

蛇の尻から次々に漏れ出る卵。

怖気付く程に美しかった白蛇は、Kの足の裏で全身をしごかれ動かなくなった。

Kは絶句するI君たちの方に向き直り「お前等にはできねぇだろ?」とカッコつけるように笑った。

何人かの子供は、そのあまりに悲惨な光景を見て泣いていたそうだ。

その姿を見たKは、卵を乱暴に踏み付け、それを見て更に大きくなった子供たちの泣き声を背に、満足した様子で帰って行った。

「もうどうしようもないんで、白蛇の屍骸と卵を一緒に地面に埋めました」


次の日、自分に罰が当たるのではないかと思い、自宅で悶々と過ごしていたI君の耳にけたたましいサイレンの音が響いた。

「うちの前を通過して行ったんです」

すると、昨日のメンバーの一人が「I君！」と叫び家の外から手を振っている。

何事かと思い、急いで外に出ると、自宅から少し先の所に人だかりができている。

救急車もそこで止まったようだ。

駆けつけてみると、使われずに放置されていた肥溜めの中で、目を真っ赤に充血させ、バンザイのような動作をしながら叫んでいるKの姿があった。

汚水にまみれたKは、興奮した様子で「生まれました！　生まれました！」と叫び、何度もバンザイを繰り返している。

周囲の大人が声を掛けているが、Kは全く無反応で同じ動作を続けた。

誰が呼んだのか、パトカーまで到着し、現場は騒然とした。

ふと見ると、草むらに消えていく、真っ白な蛇――。

「その後すぐ、奴を見かけなくなりました」

中学校にも通わなくなり、ハッキリしたことはわからないが、どうやらKは遠い町の病院に入院しているらしいという噂だけが暫く流れたという。

「まぁ、今になって考えてみれば、明らかに常日頃から異常な行動を取っていましたからね、その行為に何らかの原因があったんだとして、ストレスであったとかなら、いつ爆発してもおかしくない状態だったんだろうと思うんです。ただ、個人的には天罰であって欲しいと思っていますよ、俺なんかは、Kの野郎にいたぶられたおかげで未だに不安定な所あるんで。ああ、でもその場に居た俺にも、いくらか軽めの罰が当たっているって理解なら、仕方ないのかな」

座っていた女

Ｆ君は小学生の頃、スイミングスクールに通っていた。
プールまではスクールのバスが送迎してくれる。
週二回、家から十分程度の国道沿いまで歩いて行き、そこからバスに乗り込む。
帰りも同じ場所で下車し、家まで歩いた。

五年生の夏。
プールからの帰り、いつもの場所でバスから降りると目の前に女の人が座っていた。
具合でも悪いのか俯いたまま、体育座りのような格好でじっとしている。
気味が悪く感じ、Ｆ君は駆け足で家に帰った。
同じ週の金曜日、バスを降りると再び女。

先日と変わらず、体育座りでじっとしている。

その場所は、あくまでスイミングスクールが決めた生徒のための待合場所である。スクールに通っていない人間にとっては意味も無い国道沿いに過ぎない。

他の生徒の保護者であれば待っているのも納得できるが、そこで降りるのはF君一人である。

「どうしてこんな所に座り込んでいるんだろう？」

F君は不気味に思いつつ、その場を後にした。


次の週の火曜日、再びプールの日。

嫌な予感を覚えながら帰りのバスに乗り込む。

女は、やはり、居た。

ためらいがちにバスを降りると、全力で走って家に向かう。

帰宅すると、既に夕食を済ませていた両親に「こんな女が座っている」と話した。

両親も不安に思ったのか、次回からは国道沿いまで迎えにきてくれることになった。

その週の金曜日、母親に「絶対迎えに来てね！」と念押ししてF君はプールへ向かった。

帰りのバス、国道沿いには母親が待っているはずだった。

しかし、またしても例の女。

これまでと違い、顔を下に向けたままで立っている。

母親の姿はどこにもない。

F君は、バスを降りると同時に走り出した。

『お母さんはきっとその辺までやってきているはず』

そう思い、走りに走る。

後ろからは、女が追いかけて来ているような気配。

怖くて振り向けない。

結局、そのまま自宅まで走り切った。

家では、今帰って来たばかりという格好の父親が「お母さんは？」と不思議な顔。

彼の話では、母親はついさっきF君を迎えに国道沿いまで向かったらしい。

「でも、いなかったよ」

おかしいな、と首を捻る父親。

すると玄関が開く音が聞こえ「F！」との声。

一瞬、あの女を想像し怖気づいて固まるF君。

リビングのドアが開き、入って来たのは母親。

彼女はF君を待って、確かに国道沿いに立っていた。

しかしバスから降りて来たF君が脇目もふらず駈け出したため、それを追いかけるように自分も急いで家に戻って来たとのこと。

怪しい女など見かけなかったという。

結局、すったもんだの末、F君はその日でスイミングスクールを辞めた。

自分の体験を両親に話しても困惑されるだけだとわかったし、迎えに来てもらっても、再び同じような顚末《てんまつ》を迎える可能性を考えれば、その方が怖かったからだ。


中途半端なタイミングでスイミングを辞めてしまったため、クイックターンとバタフライだけは苦手だと笑う彼に、女の容姿や服装、髪形などについて訊ねたが、その一切を彼は覚えておらず、ただ「女である」ということだけは間違いないと力説した。

林の喧騒

なだらかな斜面に木々が生い茂り、周辺の住宅地をざっくりと分断するように広がるその雑木林には、人が一人歩ける程度の道がある。A君はその道をよく利用した。獣道に毛が生えた程度の、まるで歩きにくい小道であるため古くから住んでいる老人か、その近隣をうろつく子供らにでもなければ殆ど利用されることもなく、日に数人の往来があるかないかといった具合の寂《さび》れた道。

A君は小学校への近道として、あるいはソロバン塾への通い道として使用し始めたが、いずれの場合も学校や親から「あの道は危ないから通っては駄目」と念押しされていたという。

「思い返してみれば、いつ誰にあの道を教わったのか全然覚えていないんだ。物心ついた頃には当たり前のように歩いていた気がする。先生や親が言うような〝危なさ〟

は当時の僕には感じることができなかった」

　むしろ、その小道を歩いていると気分が高揚したと彼は言う。

「人の声が聞こえてくるんだよ、それも一人や二人じゃない。何十人もの人間が泣いたり笑ったり怒ったり、そんな声が」

　木々が風によってザワめくそれとは違い、聞こえてくるのは確かに人の声。

「それぞれが何て言っているのかは聞き取れないんだ。色々な誰かが喋ってはいるんだけれど、何十ものラジオが一斉にザッピングされているような感じで、声が意味になる前に音として消えちゃう」

　しかしその賑やかさがA君にはたまらなく心地よかった。

「東京とかニューヨークとか何処《どこ》か遠い所で誰かが確かに何かを喋っていて、世の中には僕の知らない人たちが、会ったこともないままに沢山《たくさん》存在するんだなっていう、何故かそういう確信めいたイメージが湧いて、それが嬉しくって……。何か寂しかったのかもしれないね、あの頃の僕」

　ふふっと笑う彼に聞いてみる。

「でもそれおかしいよね？」

「僕は当時、ラジオみたいなものだと理解していたけどね。木とかが電波を拾って音を出しているとかさ」

「ないよね、そんなこと」

「ないけどね」


小学校を卒業し、中学、高校と進学するにつれA君がその道を通る頻度は減っていった。

暫くぶりに出向いたのは、大学への進学が決まり地元を離れる直前のこと。

暇な三月、思い出を辿るように町をブラブラしていたついでに寄ってみたそうだ。

久しぶりに足を踏み入れた雑木林はやはり騒がしかった。

「小道に足を踏み入れて少し歩いた時点で、例の声たちが何を喋っているのかがわかりそうになったんだ。それまでは小鳥のさえずりと同じようなものとして捉えられたのに……。ああやっぱり言葉だっていう風に聞こえてきて」

その言葉の意味を捉えてしまう前にA君は逃げ出したらしい。

「ちょっとその辺の記憶は曖昧《あいまい》でね、走って逃げているところからは覚えているんだけど、何がきっかけで走り出したのか、あるいは……」

そう言ったきり暫く黙って彼は言った。

「あるいは、覚えていないだけで何かを聞き取っていたのかも知れない。ただ、あの日以降も帰省した時に何度かあの道を通っているけれど、もう何も聞こえないんだ」

A君に聞いてみる。

「例えば、自分の子供がその道を一人で通ったりってことを許せる？」

「いや、叱ると思う。誘拐とか怪我とかも怖いけど……。それ以外に何かあった場合に今の僕では助けてあげられないと思うから」

〝もう、あの頃の自分の親と同じ齢になってるんだよなぁ〟と彼は呟いた。

土の匂い

現在五十代のNさんより伺った話。

Nさんは高校生になるまで、訳あって父方のお祖父《じい》さんに育てられた。
一人細々と暮らしていた祖父の元を、彼が初めて訪れたのが小学校二年生の頃。
それから高校を卒業するまで、農業を営む祖父と共に、決して裕福ではないが幸せな日々を過ごしたそうだ。

高校を卒業する年、地元に残って稼業を継ぐと主張するNさんをお祖父さんは強く諌《いさ》め、都会での就職を促した。

「あの時、祖父さんが何を考えていたのか今となっては知る由もない。俺としては祖父さんの事が心配だったし、育ててくれた恩もあったから離れたくはなかったんだ」

後ろ髪をひかれる思いで田舎を後にし、その地方の県庁所在地で働き始めて二十年。同居を始めた頃には五十代だったお祖父さんは、その頃八十代半ば。

「もっと頻繁に様子を見に行っていれば良かったんだけど、俺は俺で上手くいってなくってね、帰省する金をケチってロクに顔も出さなくなってた、時々電話をかけるぐらいで」

もともと無口な人であり、電話をかけたところで会話も弾まない。

「ああとか、おおとか、そんなもんで、こっちもこの通りだからさ」

年に一度帰るか帰らないか、そんな状況が続いていた。

「結婚して子供なんかが居れば状況は違ったんだろうけど、俺は両親ってのを殆ど知らないからさ、どうもそれがピンと来なくって、まぁ結局今でも独り者なんだけど」

その日、仕事を終えてアパートに帰ってきたNさんは、ドアを開けるなり不思議な気持ちになった。

「むわっと、土の匂いがするんだよね。子供の頃、祖父さんの畑で嗅いだ匂いが」

その日はそれきりだったが、以後数日間、何度もふとした瞬間に土の匂いを感じた。

アパート、仕事場、いきつけのパチンコ屋、時間と場所を選ばずに漂ってくるその匂い。

「あれ、何かおかしいなって」

あまりにもしつこく漂う匂いに不吉な意味を読み取り、電話をかける。

「出ないんだよ、これはもしかするぞと思って」

仕事を休んで田舎に向かった。

「八十過ぎても毎日畑に出る人だったから、何かあれば近所の人たちが気付いて俺に連絡を寄こすはずだし、考えすぎかとも思ったんだけど」

その思いとは裏腹に、田舎に向かう電車の中で不安はどんどん増していく。

着いたのは夕方、家に向かう道すがら見知った顔に声を掛けた。

「昨日も今日も畑に出てたよって、元気そうだって」

その言葉を聞いて、Nさんは胸を撫で下ろした。

「杞憂《きゆう》でよかったと、安心したはずだったんだが」

何故か、涙が溢れ始めた。

悲しみは家に近づけば近づくほど強烈なものとなり、Nさんは嗚咽《おえつ》を漏らしながら玄関を開けた。
日が落ちる時間だというのに、真っ暗な屋内。
そこは八十代の年寄の家とは思えない程に整えられている。
人の気配はない。
殆ど、確信に近い思いで寝室を覗くと布団に向かってうつ伏せに倒れている祖父。
——ああ。
その場にしゃがみ込んで、溢れる涙を拭う。
目の前の祖父は死んでいる、それだけは確信できた。
蛍光灯を点け、祖父の体に目を向ける。
臀部が、こんもりと盛り上がっていた。
——ああ、これか。
思わず手を伸ばし、履いていたジャージを捲《めく》る。
強烈に漂う、土の匂い。
すっかり乾燥し、尻にこびりついているそれを必死で拭った。
これまでの感謝を込め、何度も、何度も。

「そんな死に様を他人に見られたくなかったんだろうなって、だから死んだ後も毎日畑に出て元気な素振りを見せてたんだろうなと」

——間に合ってよかった。

清められ、仰向けで静かに横たわる祖父の遺体を前にNさんは思った。

死に目には間に合わなかったが、祖父の最後の願いを自分の手で叶えられた気がした。

安堵と同時にふと、新聞紙の上のものに目が留まる。

さっきまで、夢中で拭っていた祖父の汚物。

その中に、ひょっこり生えている緑色の芽。

「それを見て『戻ってきて欲しいんだな』って思った。やっぱり自分の畑を継いでもらいたかったんだなと。ろくな恩返しもできないままに死んじまったから、せめてそのぐらいはね」

現在、Nさんは故郷での農作業に力を尽くしている。
あの小さな芽は、大事に育て、やがて大きな実をつけた。
スイカだった。
幼いNさんの大好物であったという。

一昔前の瓶

Sさんは、山間の僻地《へきち》に暮らしている。

自宅の周囲二キロ程は何もない原野か田んぼ、畑。

見渡せばポツンポツンと人家が建っているが、住んでいるのは高齢の老人ばかりで空き家も多い。

そんな僻地であっても、六〇年代から八〇年代にかけては住人も多く、夕方ともなれば子供たちが賑やかに走り回る光景があった。

自分の生まれる前の事など知る由もないが、父親や母親は村の祭りの賑やかだったことや、もう失われた四季折々の行事について懐かしそうに語った。

その両親も、既に故人となっている。

今となっては、背丈ほどの草で覆われた公園のさび付いた遊具や、廃校になった学校の崩れ落ちた姿だけが、当時の面影を僅かに残しているにすぎない。

八十一年生まれのSさんはこの地域の斜陽とともに生まれ、成長した。

現在は農家特有の大きな家に一人、結婚もせずに暮らしている。

生活の便を考えれば、土地家屋を売り払って街場で暮らすのが良いのはわかっている。

しかし、親しい友人も近くにはおらず、わずかばかりの給料で倹《つま》しく生活しているSさんにとってみれば、両親が残してくれた家と土地だけが自分の存在を担保してくれる掛け替えのないものであるのだそうだ。


僻地では、二十時を過ぎると残り少ない家々からも電気の明かりが消えていく。

Sさんが仕事から帰宅するのは二十一時過ぎ、自宅の周囲には人の気配すらない。

風呂に入り軽い食事を済ませた後で、そんな僻里《へきり》を散歩する。

昼間とはまた異なり、人里であろうとする振る舞いを辞めた土地のありようを見るのが好きなのだという。里人の気配の消えた夜、一人で道を歩く。

誰を照らすでもなく何の役に立つでもなく、薄ぼんやりと力ない光を放つ街灯、その電気の明滅が老齢を感じさせ、ボケた老人のそれに似ておかしい。

川のせせらぎが、時々何かを無理矢理呑み込んだかのようなくぐもった音を響かせるのを聞き、月明かりのアスファルトの上を、カモシカの親子が悠然と歩いて行く様を眺める。

そして時々、見知らぬ人々とすれ違う。

どこの誰とも知れない若い男が、無言で道路の反対側を歩いて行く。

小さな子供が、息を切らせて後ろからSさんを追い抜いて行く。

薄明りの田んぼの畦で、横になりぼんやりと肘をつく女を見る。

何処のどなたなのやら、そんなモノたちが時々やってきてSさんの心を楽しませる。


ある夏の夜、いつものように夜の散歩を楽しんでいた時のこと。

草履の先にカラリと触れたものがあった。

どこから出てきたものか最近では見ることの無くなったダルマ型のジュースボトル。

つま先に触れた勢いで、カラカラと音を立てながら土手の下へ消えて行く。

あの形、小さい頃に近所の酒屋で買って貰った思い出がある。

その酒屋も、いまはもうない。

顔を上げると、向こうからSさんと同じぐらいの背格好の人間がするすると歩いて来る。

何となく気が向いて「おたくさん、どちら?」と近し気に声を掛けてみた。

男は影のように黒い顔をSさんに向け「ああ、あそこ」と近隣の空き家を指さす。

「ああ、おやすみなさい」

「おやすみなさい」

怪しいモノだなと直感し、冷や汗が出たがそれもまた一興。

消えゆく男の姿を見送り、家に向かって歩き出す。

すると再びつま先に触れるもの。

カラカラと土手に落ちて行くダルマボトル。

そして、やってくる男。

「おたくさん、どちら?」

「ああ、あそこ」

その晩は、その場面だけを数十回は繰り返した。

自分の意志で動く事はできず、何者かに操られてでもいるかのように瓶を蹴り、男に挨拶をし、そして再び瓶を——。

まるで人形劇の人形にでもなったかのようにそれを繰り返す自分自身を、いつの間にか俯瞰《ふかん》で眺めていたとSさん。

いつ家にたどりついたものか、気が付けば玄関の前でぐったりと横たわっていた。時刻は既に朝の五時、周囲はセミの声が騒がしい。

側には、例のダルマボトルが転がっている。

キツネに騙されたものか、タヌキに騙されたものか。あるいはもっと他のモノの仕業か。

Sさんは言う。

「年寄の夢にでも絡められたのかも知れんね、もっともあのダルマの瓶だってああやって出て来なければ思い出す事もなかったよ。あの男も似たようなものなんだとすれば、誰にも忘れられた存在って言うのは。寄る辺もなくてその辺をウロウロするようになんのかもな」

それ以来、夜に会う人達に声を掛けたことはないという。
つい最近、去年の話である。

匿名の葉書

M君が自宅のポストを開けるとお祖父《じい》ちゃん宛の葉書が入っていた。

郵便局の消印が押されていない葉書の裏面には筆の立派な字で『千日』と書いてあり、差出人の欄には『匿名』とだけ、相手の住所もなかった。

その葉書をお祖父ちゃんに持って行くと、不思議そうな顔をしてそれを受け取り「ありがとう」とM君を撫でた。

それから何か月かして、再び自宅ポストに葉書が入っているのを見つけたM君。見れば再び『匿名』の人からで、裏面には『九百日』と書いてある。

お祖父ちゃんに再びそれを手渡すと「なんなんだこれは」と困惑気味。

身に覚えのない葉書なのだと言うが、しかし確かに宛名はお祖父ちゃんの名前である。

それからまた数か月、再び『匿名』からの葉書。

『八百日』と書いてあるそれを、お祖父ちゃんはM君が見ている前で破り捨てた。

その後も、数か月おきにそれは届いた。

どんなタイミングで配達されるのか、決まって夕方に帰ってくるM君がそれを見つけた。

当時、M君は通信教材を使用して勉強していたため、某ペン先生からの返信が無いかどうかを確認しようと学校帰りには必ずポストを開けていたのだそうだ。

『百日』と書いてある葉書を持って行った時、お祖父ちゃんは何故か怒りを爆発させ「こんなもんはもう持ってこなくていい！」と雷のような声で怒鳴《どな》った。

お祖父ちゃんはそれでも怒りが収まらないようで「M！　バカなイタズラすんじゃねえ！」と一連のハガキの件を孫の仕業だと決めつけてきた。

M君はそれ以降『匿名』からの葉書を見つけると自ら破って捨てた。

お祖父ちゃんに怒られるのは嫌だったし、何故か他の家族ではなく自分だけがそれを見つけていることに『匿名』の作為のようなものを感じたからだ。

イタズラをされているのはお祖父ちゃんではなく自分なのでは？　とM君は考えた。

確かにあの日、いわれのない濡れ衣を着せられて以来、お祖父ちゃんとの間には気まずい空気が流れるようになってしまっている。お小遣いも貰えていない。

誰かが仕組んだ罠に違いない、M君はそう確信した。

丁度、名探偵が活躍する漫画が流行《はや》っていた頃だった。

葉書はその後、徐々に頻度を増しながらM君宅のポストに届き続けた。

それを見つけ、破り捨てるM君。

破っても破っても葉書は届く。

毎日のように投函されるようになったある日、お祖父ちゃんは亡くなった。

何だか元気が無いのを家族が心配し始めた矢先だった。

お祖父ちゃんが亡くなった日もポストに葉書。

『命日』と書いてあった。

M君は葬式の日、集まった親戚の誰かが「爺さんも若い頃は相当恨みを買ってたからなあ、地獄に落ちてなきゃいいけど」と冗談めかして言う声を聞いた。

本当にそうだ、と思ったという。

昔有名だった柳

夕方から、大雨が降り始めた日だった。
当時高校二年生のYさんがそれに気づいたのは家族が寝静まった夜中の事。
家のすぐ近くで、数人の子供が泣き叫んでいるような声がする。
電気を消した部屋からカーテンの端をそっと捲《めく》って外を覗くが、雨で何も見えない。
あるいは窓を開けて、外を懐中電灯で照らせば何か見えるかも知れない。
しかし、それをするのは気が引けた。
聞こえて来る声は、ちょっとやそっとでは出せないような、異常な声。
散々嬲《なぶ》られた挙句、今まさに叩き殺される寸前というような叫び声。
それが一人ではなく、何人かはわからないが複数人。
間違いなく、子供。

家の近所には、声から想定されるぐらいの年齢の子供は居ない。

どこの子供だろう？

いても立ってても居られなくなり、両親の寝室に飛び込んだ。

「何か、子供が叫んでるんだけど！」

すっかり眠り込んでいたらしい両親は、不機嫌そうな様子で部屋の電気を付ける。

「何？　何なの？」と母親。

「子供の声が聞こえるでしょ？　すごい声が」とYさん。

母親は聞き耳を立てるような素振りをするが、何も聞こえないようだ。

「猫か何かでしょ」

「いや、絶対人間、子供」

すると父親がするりと布団から抜け出し、だしぬけに窓を開け放った。

母親と二人、その行為に驚いていると、父親は「柳だ」と一言。

その窓からは、確かに近所の柳の大木が見える。

それがどうしたと言うのだ？

「心配ないから寝なさい」そう促《うなが》されるも納得はできない。

かと言って、一人で外に出る勇気は無い。
もんもんとしているうちに眠りにつき、朝。
「ちょっと！」と母親に揺さぶり起こされる。
促されるまま外に出てみると、景色に違和感。
柳の木が、道路に向かって根元から倒れている。
完全に崩れ落ちた土手のせいで、車は通れない様子。
その側で、ご近所さんと話し込んでいる父親。
家に戻ってくるなり「な？」と得意げな顔。
昔は首つりで有名な柳だったという。
後にその柳は、まな板用に加工されたとYさんは聞いた。

魚と猿の魚

看護師のB君が勤める病院の話。

彼の勤務する病棟には曰くつきの部屋があるという。

「その部屋に入室した方が『あるもの』を見たというと、必ず亡くなるんです」

『あるもの』の表現の仕方は見た人によってまちまちであり、具体的に何なのかと問われればハッキリしたことは言えないそうだ。

「例えば『あ、何か泳いでる』とか『金魚が浮いてる』とか、あとは『蝶々蝶々』と言いながら何もない空間をなぞっている患者さんもいました。そしてそれとは別に『誰か飛び降りた』ですとか『窓から猿が入って来た』『黒い子供が飛び跳ねてる』っていうのもありますね。なのであくまで想像ですけど『魚のような何か』と『猿のような何か』があの部屋には出ているのかなと」

その部屋は、入ったら出られないというような『お看取《みと》り部屋』ではなく、あくまで一般的な療養の際に使われる部屋であり、入室したからと言って必ずしも患者さんが亡くなるわけではない。

「ただ『魚か猿』のどちらかを見たような言動をする方は、必ず亡くなります」

病院には医療のスペシャリストが揃っているのだから、そのような前兆現象を察知した場合に何かの手立てを取ることはできないのか問うと「それは難しいですね」と彼は言う。

「こういう言い方をすると悪く取られるかも知れませんが、病院はあくまで『患者さんの生命力を高める』のを手助けする場であって、寿命を延ばす場では無いんです。どれだけ一生懸命ケアしても亡くなる方は亡くなります。私たちは何か特別な事をしているわけではなくて、あくまでエビデンスに沿った『当たり前の医療』を提供しているに過ぎない。その『当たり前の医療』によって回復する患者さんとそうじゃない患者さんが出てくるだけの話で、生きるか死ぬかはあくまでその患者さん次第ですから」

B君自身、前述のような心持ちで仕事に取り組めるようになったのはつい最近の事だという。

「いくらでも患者さんにとって苦痛が無いように不安が無いように、自分が助けるんだというつもりで取り組むんですよ、こんな仕事を目指した人間なら最初は誰でもそう。だけどずっと何百年も生きられる人間なんて居ないんですよね、みんな必ず死んでしまうんです。それをしっかり心に留めておかないと、何か大きく間違うような気がするんですよ」

つまりその部屋で『魚や猿を見たから死ぬ』のではなく『死ぬから魚や猿を見る』と解釈するのが正しいのではないかと彼は解釈しているようだ。

「そうです、ですから――」


その時、その部屋に入院していたのは六十代後半の男性、以後Aさんとする。

「胃癌《いがん》のオペ後、一度退院なさったんですが貧血が強くて再入院になった患者さんでした」

それまで病気をしたことが無かったという彼は、手術が成功した後でも常に不安な様子で、再入院の際も「癌が再発したのでは」と、家族に漏らしていたらしい。

「手術は立派に成功していました、胃癌のオペ後の貧血というのはありふれた後遺症ですから、退院前にもかなり情報を提供していたんですが、ご本人にとって十分ではなかったのでしょう、反省しました」

B君は担当のナースとして、その患者さんの不安をできるだけ和らげるよう、今後をしっかりと見据えた療養が出来るよう心掛けた。その点で言えば、Aさんの家族が協力的に関わってくれたのは幸いだった。

「やっぱりね、生きる理由というか目標があると違うんですよ。前向きになれる材料があればあるほど、積極的に治療に取り組んで頂けますから」

Aさんの目標は、孫の成人式を見るというもの。

「三歳だって言っていました、娘さんが父親を励まそうとして頻繁に連れてきていたんです。可愛らしい男の子で、孫と一緒に居る時のAさんは幸せそうでしたね」

何か不安げな様子の時は、いちいち孫の話題を出して励ました。

『お孫さんの成人式まで生きるんですよね？』といたずらっぽく言葉を掛けるB君に『孫を人質に取られたら言うこと聞くしかねえわな』と笑顔のAさん。

そんな関係性が出来てくると、Aさんは自分自身が何に困っていて何を恐れているのかの一つ一つを話してくれるようになった。

「不安を言葉で表出して頂けるところまで来たなと、看護計画としては順調でした」


Aさんの経過は良好で、退院を間近に控えた日の午後。

検温のため部屋を訪れると、中から笑い声が聞こえる。

どうやら娘さんとお孫さんがやってきているようだ。

覗いてみればベッドサイドに腰かけたAさんが、孫を見ながら笑っている。

娘さんは部屋中を駆けまわる息子に手を焼いている様子。

入り口で立ち尽くすB君に、Aさんが声を掛ける。

「さっきからずっとやってる。子供のやることはわかんねぇが、何でこんなに可愛いかな」

孫は「おさかな、おさかな」と言いながら、何かを捕まえようと小さな両手をパチンパチン鳴らし、虚空を見上げてはキョロキョロしている。

次の日、Aさんは予定を前倒しして退院した。

孫の葬儀に出席しなければならなくなったためだ。
『長生きなんてするもんじゃねえな』と言い残しB君に頭を下げたという娘さんが引き起こした自損事故の結果だった。

「――ですから、入院患者さんでなくても、亡くなります」

多足犬

その日、Wさんがコンビニの駐車場に車を停めようとすると、ボコンと何かを踏んだような感触があり、車が揺れた。

〝なんだろう、車止めに乗りあげるような位置でもないし〟

不思議に思っていると、車の下から何か妙な音がする。

「『ギュゥウ』って言う感じの、生き物でも轢《ひ》いたようなそんな音、鳴き声っぽい」

慌てて車を降り、周囲を確認するが特に何も変わりはない。

「故障の前兆だろうかって、その時は特に気にしなかった」

そのままコンビニで買い物を済ませ車に乗り込むと、急に強い倦怠感《けんたい》に襲われた。

「うわ、やべえなと、一気に体が重くなって」

助手席にある携帯電話に手を伸ばすこともままならない。

外の人間が異常に気付いてくれればと願いつつ、その状態に耐えた。

「二時間はぐったりしてた。休んでたら何とか持ち直してきて、そのまま病院に直行したんだ。絶対に心臓とかその辺のヤバい病気だと思ったから」

病院で軽い検査を受けると『急を要するぐらい悪い体の状態ではない』と話され、その日は家に帰った。

「後日、詳しい検査を受けたんだけど結局異常は見つからず……」

しかし、あの日ほど強くは無いものの倦怠感は続いていた。

「とにかくずっとダルくって、一日中眠いんだ、寝ても寝ても眠い」

その旨を担当の医師に話すと、心療内科の受診を勧められた。

「気持ちの問題と取られたんだなって、ちょっと癪《しゃく》だった」

心療内科の医師により軽い鬱病との診断を受け、生活リズムの改善と服薬治療を勧められ、Wさんはそれに従った。

「その頃からだな、今度は足に何かがまとわりつくような感触が出て来て」

犬や猫が、スリスリと体を撫でつけてくるような柔らかい圧迫感。

「これは鬱《うつ》病よりも重いんじゃないのかなって、我がことながら焦ったよ」

薬を飲んでも体のダルさは改善せず、日常的な眠気も続いた。

「ネットで調べたらナルコレプシーって病気があることを知ってね、先生に相談したんだけど『ナルコレプシーだったら起きていられない、ホントにどこでも寝ちゃうんだよ』って言われて、俺のケースとは違うって、鬱病でいいと思うって」

特にストレスを感じていたわけではなく、追い詰められているような自覚も無かった。

しかし医者に言わせると『そういうパターンが一番危ない』とのこと。

「困っちゃってね、医者にかかって改善すればそれで良かったんだけど、薬飲んでも休み増やしても症状は良くならないから」

幸い、気分が落ち込むようなことはなかったため日常生活の維持は可能だった。

「そんである日、行きつけの美容室で髪切って貰ってた時にね、話してみたんだよ自分のこと。そしたら『犬に憑かれるとそういう風になるらしいですよ』って、美容師さんその手の話題に詳しいらしくって『きっと何か悪いものと縁ができたんでしょう』と」

確かに、思い当たるフシはあった。

コンビニで何かを轢いた感触があったあの日以来の出来事であるし、何よりもスネにスリスリと体を擦りつけられる感覚は小動物のそれを思わせたからだ。

「それで、彼女の知り合いだっていう『視える人』を紹介してもらったんだ。まぁその美容師さんが可愛い女の子だったから、いくらか下心もあった。これをキッカケにお近づきになれればみたいなね。せっかく連絡とってくれるっていうんなら会ってみてもいいかなと」


紹介されたのは美容師の幼馴染という若い女性。

彼女は待ち合わせの喫茶店で顔を合わせるなり開口一番『うわぁ、なんだろうこれ』と言い、自分のカバンから紙とペンを取り出すと、いそいそと何かを書き込み『こういうのが足元にいます』とWさんに見せた。

「頭の小さい犬っていうか、豚みたいな黒いものに足が何本もついてる絵だったよ」

つまり、自分は何かに取り憑かれているということになるのか？。

「何なんですか？　これ」

「それが、私にもわかりません。こんなのは初めて視ました」

「動物の霊とかそういうことですか？」

「いやぁ、そういう感じでもないんですよね。たぶんこの辺のものではないです」

「え？　どういうこと？」

「何かもっと歴史のあるものだと思います。簡単なものじゃなくて」

彼女もまた困惑した様子で、返答も要領を得ない。

「どうしようもないんですかね？」

「うーん、下手に刺激しない方が良いと思います、懐いている感じですし」

「懐いてる？」

「はい、これは多分そういうものです」

「じゃぁ、このまま？」

「もっといい人がいればそっちに行くと思うんですけどね」

というようなやり取りがあり、Wさんは『結局どうしようもない』という結論を得た。

「彼女の話だとね、恐らくは日本のどこかから誰かについてやってきたものがはぐれちゃったんだろうって、ホラ、今でもだけど震災の復興関連でいろんな業者が町に出入りしているでしょ？　多分そういう人達の誰かが持ち込んだんじゃないかって」

以降も、眠気は続いた。

「結局それから三年、真面目に服薬を続けたんだわ」

夜ともなれば、枕もとで獣のようなイビキが聞こえ、脛《すね》を擦《さす》っていたあの圧迫感はその頃には太腿《ふともも》に感じられるようになっていた。

「あの『視える娘』に妙なこと吹き込まれちゃったから、想像力が刺激された結果かなって、自分で納得してた。三年も経てばダルさとも眠気ともそれなりに折り合いが付けられるようになってたし、それ以上の精神疾患である可能性よりは、妙なものに取り憑かれてるっていう想像の方がまだ耐えられた」


「そんで去年だよ、東京行った時に」

友人の結婚式に招待され、久々に都会の空気を吸ったその日。

「池袋終点の夜行バスだったから、朝っぱらに北口の所でウロウロしてたんだ」

時刻はまだ朝の六時前、街が本格的に動き出すにはもう少し時間がかかる。

「どうしようかなって、漫画喫茶にでも入ろうかと」

周辺は人通りもまばらで、田舎から出たWさんとしては何となく心もとない。

それは、突然起こった。

「急に体が軽くなって、ホント嘘みたいに」

夜行バスに長時間揺られた疲労感と共に、例の倦怠感まで消え去った。

自分でハッキリ認識できるほど劇的な変化。

驚いて硬直しているWさんの前には、いかつい男性陣を引き連れた派手な格好の若い女性。

「その女が道路に向かって手を振ってるんだけど、違和感のある振り方でね、ちょうど牛ぐらいの動物の頭でも撫でてるような具合で」

彼女の対面方向にそれらしき人は見当たらない。

すると、その女性はゆっくりWさんに向き直り深々と頭を下げた。

「いや、それっきり、そのまま何を言うでもなく車に乗って行っちゃった」

周囲の強面の視線が気になり、話しかけることもできなかった。

「あれから快調そのものでね」

通院するほど辛かった倦怠感も眠気も、さっぱりと無くなったという。

スリつけられる圧迫感もまた消え去った。

「あの『視える娘』の言ってたこと、割と合ってたんじゃないかと」

――ただ
「多分、大きくなってたよねアレ。っていうことはさ、俺は『懐かれてた』っていうよりも『餌として見られてた』っていう方がね、今となってはしっくり来るわ」

頭おかしくなってたよりはいいけどな、とWさんは言う。

数を合わせる

・Hさんの話。

彼女は『視える人』である。

「最初にマズイと思ったのは旦那に連れられて結婚の挨拶に行った時でした」

ご主人の実家は土地持ちのそれらしく、大きくて広い日本家屋。

ずっと平屋建ての貸家暮らしだったHさんは、その広さに圧倒されたと語る。

「これだけのお屋敷だと、同居するのに十分なスペースは確保できそうだなと思いました」

ご主人との間で、結婚後は義両親と同居する話がでていた。

「私もそのつもりでいたんですけど……」

当時その屋敷に住んでいたのは義両親と一人息子であるご主人の三人のみ。

「旦那のお祖父《じい》ちゃんお祖母《ばあ》ちゃんは二人とも五十代で亡くなっていて『もう二十年以上、こんな広い家にたった三人で住んでいるんだな』って思いました、贅沢だなと」

席上、殆ど使っていない二階の一部を若夫婦のために洋間に改築するという案が出た。

「それで、その二階の部屋に案内されたんです」

二階には、襖《ふすま》を開け放たれた畳敷きの和室が広がっている。

「居たんです、気づいちゃった」

まだ昼間の時間帯、十分に明るい室内をウロウロと歩き回る和服姿の女性。

「その人が何か急いでいるような具合で行ったり来たりしてて」

広い和室を所狭しと歩き回っている。

「私はもともとそっち系に敏感でしたから」

——これは無理だ。

同居に関しても、考え直さなければならないなと考えた。

「それでもまだ『旦那の関係者』だって思えれば耐えられたんでしょうけど。でもね、どうもそういう『身内の人間』ではないな、全然関係ない人だなって直感したんですよ」

ご主人も義両親も『彼女』の存在には気付いていない様子。

「一階部分と二階部分ではまるっきり雰囲気が違っていて、一階はほんとに何でもない、ちゃんとした生活スペースなんです、だけど二階部分はまるで夜中の墓地にでもいるような異様な空気で……」

『ここで暮らすことはできない』そう結論したHさんは、後日ご主人にその旨を伝えた。

「もちろん『幽霊が〜』なんて言いません。ただ改築の費用も馬鹿にならない額だったので、それにかこつけて『どうせだったら新築しようよ』と言いました」

義両親、特に義母は難色を示したが、ご主人はノリ気だった。

「それがあって、私は義母に睨《にら》まれるようになっちゃったんですけど」

義実家の隣の敷地に、新しい家を新築した。

「旦那は一人っ子でしたから、両親と離れると何かあった時に大変だって」

そして結婚した二人の間にY君が生まれた。

・Y君の話

「俺は祖父母にはかなり可愛がられていましたよ」

彼は幼い頃、昼間は稼ぎに出ている両親に代って、祖父母に面倒を見てもらっていた。

「毎日保育所に送り迎えしてもらってたし、親と過ごすより祖父母と過ごす時間の方が多かったくらいですね」

そんな彼は、隣接する祖父母の家によく出入りしていた。

「土曜日とかになると殆ど一日、祖父ちゃん家に居ました。お昼一緒に食べて、夕方に親が戻ってきてから実家に帰るみたいな」

庭を共有する同じ敷地に建っているそれぞれの家を、子供であり孫でもあるY君は何のしがらみもなく行き来できた。

「ただ、祖父ちゃん家の二階だけはダメでした、たまに全然知らない人とか居て」

物心ついた頃から、祖父母の家の二階でY君は妙なモノを見たという。

「どこかの知らない爺ちゃんとか、女の人とか、確かに自分には見えていたんですけど、祖父母と見に行くと居なくなってて、子供心に何なんだって思ってました」

〝誰かいる〟と祖父母に伝え、一緒に二階に向かうも誰も居ない、そんな事が相次いだ。


妙な出来事は続いた。

「何か用事があって二階に一人で上がったりすると、座敷の端っこに時代劇に出てくるみたいな裃《かみしも》を着たおじさんが居て『これこれ、数が合わんぞ』って言ってくるんです」

それも一度や二度ではなかった。

「覚えている限り、小学校に上がってからはその人だけしか見てないです、見かけるたびに、『これこれ、数が合わんぞ』って、同じ言葉を同じ調子で何度も繰り返されて、スススって足音も無く俺に近づいて来るんですよ」

祖父母には、幼い頃からY君が視るものに関して『それはご先祖様だ』と言われていた。

「だから怖がらなくてもいいって言うんですけど、二人には見えていないようですから、やっぱりアレなんなのかなって思っていて」

『嫌だな』とは思っていたが『怖いな』とは思っていなかったそうだ。

しかし――。

「今でもハッキリ覚えてますよ、小六の夏休みでした。祖父ちゃん家ではなくて自分の家の自分の部屋で夜寝ていた時でした」


声が聞こえ、目覚めた。

『これこれ、数が合わんぞ』

これまでと同様、何度も繰り返している、

「高学年になってからは塾とかあったので殆ど隣には行かなくなってました、だから二階になんて二年ぐらい上がってなかったんです」

その時はじめて『怖いな』と思ったそうだ。

「久しぶりだったのもあったし、自分の部屋ですからね、今までに無かったんで……それに声が行ったり来たりしているんです、近くなったり遠くなったり、まるで誰かを探しているみたいに」

『これこれ、数が合わんぞ』

声はしかし、徐々にY君に近づきつつあった。

「両親は一階の部屋で寝てるんで、二階は俺一人、怖くなって一階に下りようとしたんですけど、体に全く力が入らなくって起き上がれなかった」

『これこれ、数が合わんぞ』

窓の外から聞こえた。

――うわ！
目を瞑《つむ》ろう、そう思った瞬間――
『居たな、お前だな』
Y君の目の前に、男の顔。
何故か思わず、返事を返した。
――違います。

気付いたのは次の日の朝。
見れば、そこは祖父母の家の二階だった。
何が起こったのか、Y君は覚えていない。
Y君が眠っていたのは、二階の座敷の一角。
混乱し、泣きながら一階に駆け下りると驚いた表情の祖父母が居た。

・Hさんと Y君に話を聞く

「あの日、血相変えてYが走って来て『お母さんお母さん』って言うんです。私は部屋でまだ寝ているものだと思っていたので、いつの間に外に出たのかとビックリして」

隣に座るY君が頷く。

「俺も覚えてないんだよね、気付いたら隣に行ってたから」

その朝Y君は、その晩の出来事を母親に話した。

「その時に初めて知ったんですよ、この子も視てたんだなって。嫌がらずに義実家で遊んだりしていたので、大丈夫なんだとばかり思っていたんです。私としても祖父ちゃん祖母ちゃんに面倒見て貰えるのは助かってたんで」

「二階以外は嫌じゃなかったんだよ、その二階で視えたモノも『ご先祖様だから』って言われてたから、何なのか分かんないけど大丈夫なんだろって」

Y君の弁を受けて、Hさんが続ける。

「私は私で、一度旦那に隣の二階の事を話してみた事があったんですが『俺の実家だぞ』って凄まれて、気を悪くしたみたいなんでそれ以降は黙ってたんです。私も殆ど二階には出入りしませんでしたし、何か悪いことがあったわけじゃなかったので」

Hさんは、その日のうちにこっそりとY君をお祓いに連れて行った。

「義両親に言っても旦那に言っても、多分信じないし角が立つだろうと思って、この子連れて買い物に行くフリをして神社に行きました」

「ああ、そう言えばあの時もおかしかったよね、俺ゲラゲラ笑っちゃって」

「そう！　この子神主さんが祝詞《のりと》上げてる最中に笑い転げちゃって、神主さんには『厄払いお願いします』って言ってあって、大筋を伝えていたので、何か察したのか黙って最後までやってくれましたけど」

「ただおかしくてしかたなかったんだよな、何だったんだろう」

「でもそれが原因で、バレちゃったんだよね」

「言っちゃったんですよ……祖父母に神社でお祓いしてもらったこと。あんまり面白かったからつい……」

次の日、Hさんは義両親に呼び出された。

「もう、私も覚悟決めてました。今までは何も無かったから黙ってましたけど、息子にそんな事があった以上は言ってやらないとなと。何なら二階もお祓いしてもらうつもりで」

自分が見た事とY君が経験した事を話すと、義母は怒りだした。

「『二階はちゃんとご先祖様に守ってもらっているんだから何も心配はない』って、それで二階の一室に連れて行かれたんです」

Hさんが連れて行かれたのは、義母が物置部屋として使っていた一室。

他の和室とは独立した部屋で、廊下に面して引き戸がついている。

嫁いで十数年、初めて中を見たという。

「もう、瞬間的にダメだと思いました。具体的に何かを視たわけじゃないんですけど、もう雰囲気が完全に異常で、それで『何なんですかこの部屋！』って言ったんです。義母は『この部屋には先祖代々のものがちゃんとしまわれているんだから』って、着物とか布団とか誰かの髪の毛とか色んなものを出してきて……」

説明によれば、それらは全て誰かの遺品なのだとのこと。

その部屋は、単なる物置ではなく『遺品部屋』だった。

「古い家だったので親類縁者が沢山《たくさん》居るのは仕方ないんですが、聞けば『近所の誰々さん』に至るまでとにかく関係してきた殆どの人間の遺品があるって言うんです。それも義両親だけでなく親やその前からの物もあるって、もう何百と……」

義母は『こうやって大事にしているんだから、悪いものがうちに近づくはずない』

と言い、Y君が視たものに関しても『ご先祖様だ』という一点張りだった。

「絶対に逆だと思いました、その異常な数の遺品の数々が、妙な連中を二階に引き込んでいるんだって。守ってくれるとか、そんな雰囲気ではなかったんです」

その日の夕方、Hさんはご主人に置手紙を残して実家に戻った。

「Yのところにまた何か出たら大変だって、私なりに必死でした」

「俺は俺で、前の日の夜みたいなことになったら嫌だったので安心しましたね」

その晩すぐ、手紙を読んだご主人がHさんの実家を訪ねて来た。

「旦那は『そういうのって当たり前の事だと思ってた』って、そりゃ本当に大事な人の遺品を数点っていうのならまだわかりますけど、大して親しくなかったご近所さんのものまで何百と積み上げているのは有り得ないって、そう言ったんです」

ご主人は、自分の両親と話し合う事を約束し、帰って行った。

「そしたらその晩、旦那も同じものを見たって」

「親父の所にも『これこれ、数が合わんぞ』が来たんだそうです」

あまりの事に気が動転したご主人は『隣の家に行ってくれ！』と叫び、布団を被ったまま身じろぎもせず一夜を明かしたのだと二人に語った。

そして――。

「次の日、義母が亡くなりました」

ご主人が先の話を語ったのは、その葬儀の最中であった。

「旦那が震えている姿を初めて見ました、それでYに『お前は返事したのか?』って」

「俺は『違います』って言ったと思うって親父に話した」

当時は、ご主人だけでなくHさんもY君も震えあがっていたそうだ。

「義母が亡くなっていたのは『例の部屋』だったんです」

うつ伏せで、目を見開き、倒れていたという。

「変死だからって、解剖に回されたんです。そしたら胸に胸水?っていうのが溜まっていて、心不全によるものだろうって事だったんですが、それが通常では考えられない程の量だったらしく……」

「それでその後、葬式終わった頃からだったよね? お祖父ちゃん急にボケちゃって『俺は婿入りだから』って、思い出したように何度も言うようになっちゃって」

「絶対に何かあったんだなって」

「返事しちゃったんじゃないかって、お祖母ちゃん」
「ご先祖様だと思って、素直に言っちゃったかもしれないねって話したんです」
「それで、ほら」
「あぁ……面白がって言うわけじゃないんですけど『数が合った』んだろうなって旦那が言ったんですよ、義母の遺品は、亡くなった後、処分するまでの間、例の部屋に入ったので」

以降、二階での怪異は無くなったそうだ。
家は数年前、おびたたしい遺品の数々と共に解体され、今は駐車場になっている。

葬儀の前日

O君には年子のK君という弟が居た。

「弟には生まれつきの病気があって、小さい頃は毎月必ず病院へ行かなければならなかったんです」

住んでいる町からは離れた所にある大きな病院。

K君は両親とともに泊りがけの通院を余儀なくされていたという。

「病院へ行く前日になると、弟は泣き叫んで嫌がるんです。だから病院の帰りにはご褒美としてデパートに寄ったりおもちゃを買ってもらったり、両親は弟の辛い気持ちを和らげようと苦心していたんだと思います」

しかし、当時のO君は内心許せなかった。

弟だけがデパートに連れて行って貰えた。

弟だけがおもちゃを買って貰えた。

弟だけが外で美味しいものを食べた。

いつもいつも弟だけが。

「それが仕方のない事だっていうのはわかっていたんです、親の苦労も、弟の辛さも、わかっていたから表には出しませんでした、でもね寂しかったんですよ」


二人が小学校四年生と三年生だった頃、O家に新しい車がやって来た。

「ディーラーの人が操作の説明も兼ねて試運転の提案をしたんです、その際、弟は同行を許されたのに、俺は家で祖母《ばあ》ちゃんと留守番って事になって……」

弟が大変なのだから、自分はできるだけ両親に心配をかけないようにしよう。

〝弟思いの優しいお兄ちゃん〟でいるため、O君はO君なりに努力していた。

「俺も頑張ってるのに、どうしてっていう気持ちがあったんだと思います。『何でいつもいつもKばっかり!』って大暴れしちゃって……」

子供なりに思うところがあったのだろう、その出来事以降、K君は変わった。

毎月の通院も嫌がらなくなり、デパートもおもちゃも欲しがらなくなった。

更に、二人が高校一年、中学三年の頃。

「体力が続かないせいか弟は成績が悪くって、市内でもレベルの低い高校を受験して合格しました。そんな弟を両親は『本当に頑張ったな』って、泣きながら褒めてて……」

その光景を見てついつい、言ってしまった。

『卒業できるかもわからないのに、ぬか喜びして』

前年、O君が地元のトップ校に合格した際、両親は「お兄ちゃんは健康だから当然」とでも言わんばかりの態度をとったのだそうだ、労《ねぎら》いの言葉すらなかった。

「わかってたんですよ、わかってた上で言ってしまったんです。成績が悪い事を皮肉ったつもりだったんですが、両親も弟も俺の発言を『死んだら卒業なんてできない』っていう意味に取ったらしく……」

事実、その頃にはK君の病気はかなり進んでいた。

彼の病気は治療しても治るものではなかったのだそうだ。

「それから後は、俺もKもどこか取り繕《つくろ》ったような会話しかできなくなりました。高校を卒業してもその関係は変わらず……」

K君は、病んだ体に鞭打《むち》つように高校へ通い、無事に卒業した。

泣き言一つ漏らさずに自主学習に励み、卒業時の成績はトップクラスだったそうだ。

「絶対に無理してるなって、思っても言えはしませんでした」

そして、その日――。

騒がしい気配を感じて夜中に目覚めたO君は、向かった先の部屋で昏睡状態になっているK君を見た。

「そのまま病院に運ばれ、朝方に息を引き取りました」

享年十九歳。成人を目の前にしての死だった。


葬儀の前日のこと。

愛息の死を経験し、茫然とした様子の両親はポツリポツリと自虐の言葉を呟いた。

『健康な体に産んであげていれば』

『小さい頃から嫌な思いばかりさせてしまって』

そんな様子に居たたまれなくなり、思わずO君が口を開きかけたその時。

「ガタガタって、押入れの襖《ふすま》が鳴ったんです」

中のものが崩れでもしたのかと思い、確認してみるも変化はない。

O君は声を出すタイミングを逸し、口を噤《つぐ》んだ。

両親の自虐の言葉は続く。


『苦しむためだけに生まれたようなものだ』

『ずっとずっと我慢させて』


「そんなことは無いって、言おうとしたんですが……」

再び、ガタガタと鳴る押入れ。

確認するも、やはり何も崩れていない。


『何一つ思い通りにさせてやれなかった』

『この子は一度でも幸せだったろうか』

「『きっと幸せだったよ、感謝していると思うよ』って、言ってあげたかったんですけどね」

押入れは三度鳴った。

「あぁ、つまり両親が言っている通りなんだなと、Kは散々な人生を送って無念のまま死んで行ったんだなって、思わざるを得ませんでした。そうじゃなかったんだとしても、自分の気持ちを俺に代弁されるのは嫌なんだろうなって。あるいは両方だったのかも」

O君がそう思い至った後、押入れが鳴ることはなかった。

「でもね、ある意味では『生きているうちに言えなかったこと』を俺にだけは伝えてくれたのかなって、そうも思うんです。一生懸命頑張った両親に対してではなく、あくまで俺に伝えたところに、弟の優しさを感じるんですよ」

つまり

カナダ人のDが初めて日本でホームステイをした家での話。

夏の暑さと湿気に耐え兼ね、昼間からシャワーを浴びようと浴室に向かうと、洗い場に手の平大のこんもりとしたナメクジのようなものが居た。

日本ではこんな気持ちの悪いものが家にいるのか——。

対処に困ってその家のお爺ちゃんの元へ行き、それを伝えた。

「ああそれはつまりだな」

そう言って、キッチンから一升瓶に入った新しい日本酒を持ち出すと風呂場に向かう。

見れば、さっきまで洗い場にいたナメクジがどこにもいない。

天井にでも張り付いているのではないかと気が気でないDをなだめながら、お爺ちゃんは風呂場の排水溝に一升瓶からドクドクと酒を流し込んだ。

「待っとれよ」との言葉に従い様子を見ていると——

ぎゃあああああああああああああああああああああ。

という叫び声が排水溝から響き渡った。

驚くDに対し「な?」と笑いかけるお爺ちゃん。

あれは何なのかと問うと「あれは　つまり　だ」と言い、何か難しい日本語で色々と説明してくれたが理解はできなかった。

『日本の風呂場にはああいうモノが出る』その理解を持ってその場は良しとした。

後年、日本に長期滞在することになったDは、日本人のルームメイトから「流しの下に一升瓶の酒を置いているのはどういうことだ?」と質問され、自分の経験談を語ったところ「なんだそりゃ?」と笑われて腹が立ったという。

「出ますよね?」と真剣な表情の彼に「多分出ます」と返したが、悪いと思いつつその場で爆笑してしまった。

聞こえる

今から十年程前の事である。

当時、Sさんはある歯科医院に勤め始めた。

「急に欠員が出たからってことで八月からの採用だった、時期は中途半端だったけど給料も良かったたし、ラッキーだなって思ってたんだけどね」

院長である歯科医師の元で数名が勤務しており、彼女は受付担当。

勤務初日から、気付いてはいたのだという。


『ウゥウゥウゥン』と唸るような低い音。

それはSさんが受付の窓口に座っているあいだ、必ず聞こえてきた。

「最初はね、なにか機械の音だと思っていたの」

周りには冷蔵庫やエアコンなど、そのような音を出しそうな物がいくらでもあった。

「別に気にするような音じゃないんだけど変に耳に入ってくるのよ。ほら、夜寝る前なんかに部屋の冷蔵庫の音が気になって仕方なくなるっていうことあるでしょ？　あんな感じ」

患者さんの声、治療用機械の音、待合室の有線放送。様々な音が鳴っている院内において、何故かその音だけがまとわりつくように響いてくる。

「嫌な音だなって感じていたけど、勤め始めて日が浅いうちから勤務先にケチつけるわけにもいかないじゃない？　だから気にしないようにしてたんだ」

電話対応や、窓口業務をしている際に一時的に気にならなくなることはあっても、つい確認するように耳を澄ますと、やはり聞こえる。

「だからできるだけ他の事務員さんや患者さんなんかに話しかけて『聞こえていることを忘れる』ようにしてた、そうじゃないとおかしくなりそうで」

勤め始めて二週間後、職場の人間関係にも慣れたSさんは、その『音』がどこから聞こえて来るのか、院内を探索して音源を探してみた。

「そういう音を出しそうなモノに耳を近づけて確認してみたんだけど、コレっていうのは特定できなかったんだ、何だか距離感が掴めない音なのよ」

同僚に『何か変な音聞こえない？』と訊ねてみるが、皆、何も聞こえないという反応。

「私、何だかんだいって新しい職場でストレスを感じているのかなって、自分で自分を勘ぐったりしたよ、そういうタイプじゃないんだけどね」

そして一か月が過ぎた頃。

「例の音が無ければすごく良い職場だったんだけどね……」

Sさんは歯科医院に依願退職を申し出、受理された。

「先生は頭抱えてたよ、一体何なんだって。申し訳なかったなぁ」

そこに至るまでには、次のような経緯があった。

勤め始めてから三週間、例の音に悩まされながらも仕事をこなしていたSさんの耳に『リーン』という涼やかな音が響いた。

「その直後だよ、例の音が『ウゥウゥウゥウゥン』じゃなくて、お経に聞こえ始めたの」

一瞬で、それは単なる機械的な重低音から、複数人の男性が唱えるお経に変わった。

「立体視画像にピントが合って絵が浮き出て見えた時みたいな感じ、見えた見えたってなるでしょ？　あれがそのまま聴覚的な現象として起こったたっていうのが一番近いね」


一度そう聞こえてしまうと、職場環境は一変した。

「だってさ、どこからともなくお経が聞こえて来る歯医者なんて嫌でしょ？　何なのかわかんないけど身の危険を感じたよ」

しかも、同僚たちはSさんに隠し事をしていた。

「私ね、お経が聞こえ始めた直後にちょっとパニックになっちゃって、『怖い怖い』って職場の人たちに泣きながら縋《すが》ったの、そしたら過呼吸起こして倒れちゃったんだよね」

朦朧《もうろう》とした意識の中で、院長をはじめとした同僚たちの『またかよ』『これで二人目ですよ』などという会話が聞こえて来た。

「変な音なんて聞こえないよ知らないよって皆言ってたのに、実は心当たりあったんだなってその時に思った」

パニックから回復し、冷静さを取り戻したSさんは院長に問うた。

「お経のこと、知ってたんですよね？って」

するとは院長は、『前の受付の娘も同じ事を言って三か月でやめちゃったんだ』と告白。

「院長も他の人たちもホントに何も聞こえてないんだって。これまで十年以上歯科医院を続けて来て、こんなことはこれまでなかったって」

確かにそれはそうだろう、それが聞こえたSさんが一か月程度で辞めてしまうような現象である、全ての職員がそれを聞いていたのなら歯科医院を十年以上続けることなど、きっとできはしない。

「うん、その年の春に開業当初から受付をしていた女性が寿退社したんだって、それで次に入った娘が『お経が聞こえて辛いです』って辞めちゃった。その時点では『よっぽど環境があわなかったのか随分な理由ひねり出したな』って皆で笑ってたそうなの、それで気を取り直して採用した私もまた、同じようにお経を聞いちゃってっていう。

先生も他の職員も、騙すつもりはなかったみたい。それはそうだよね、状況を考えてみれば『お経が聞こえる』っていう事の方が異常なんだから」

自分の疑問に対し職場の人たちが真摯《しんし》に答えてくれたことで、Sさんはいくらか気を持ち直した。

「院長が『できれば辞めないで欲しい』って言ってくれて、私もその場の空気に流されて『頑張ってみます』って言っちゃったんだけど、ダメだった、一週間で依願退職」

それ以来、妙な音は聞いていないそうだ。

「多分だけど、やっぱり何かはあったんだと思うの。あの歯科医院、私が辞めてから半年たたないうちに閉院しちゃったから」

指壺

「だからさ、俺以外は皆死んでしまったんだよ。同世代で残っているのは女だけで、それも皆他所《よそ》に嫁いでいるから、殆どの親戚は今の代でお家断絶よ。これなぁ、どう考えてもおかしいよなって思うんだ」

X氏はそう言って、焼酎を煽《あお》った。

「しかも変な病気だの事故死だの、ハッキリ言ってロクな死に様じゃないんだよ。俺だって、さっき言った生物学的製剤ってのが良いタイミングで出て来なけりゃ今頃は歩けなくなってたかも知れない、そんな家系なんだ」

更に焼酎を煽り、暫《しばら》くの沈黙。

「何か原因があんだろうなって、そう考えたくなる気持ちもわかるだろ？　本当に考えられないような事ってあるんじゃねえかと思うんだわ、今現在の常識が昔も同じくそうだったってんじゃねぇんだからよ、なぁ？」

スマートフォンを出し、何やら画像を見せてくる。


「これ、何だかわかるか？」

画像には、黒く干からびた虫のようなものが写っている。

「これな、人間の指」

絶句する私をよそに、X氏が続けた。


「本家の墓を暴いて俺が見つけたんだ。暴いてっつーか、葬式終わったら骨壺を墓の下に入れるだろ？　うちの親族ではもう若いのは俺しか残ってないから、まぁ俺が墓下に入ってそれを納めたんだけど、その時にさ、どうもこの時代の物じゃないような壺が並んでんのよ、何だアレ？　って思ってさ」

好奇心から、蓋を開けてみたそうだ。

「そしたらよ、これと同じようなのが、びっっしり入ってたわ。ライトで照らしても何だかわかんねぇから、一つだけかっぱらって、家で写真に撮ったのがさっきのアレ」

本当だろうか？　にわかには信じられない。

「ああ、嘘だと思うならそれでも構わねえよ、ただなさ、嘘であってもミイラみたいになった人間の指を何十本も壺に入れて、墓の下に納めておくってのは、どんな家なんだろうなと思わねぇか？」

「俺は気になったからさ、本家の墓だもの、本家の人間なら知ってるだろうと思って、訪ねて聞いてみたんだ。墓は今から四十年ぐらい前に作ったもんだから、あの場所にあんなもんを置いた奴はまだ生きてるんじゃねえかと思ってたら、案の定生きてた。俺も良く知った本家の爺さんだったよ」

目の前に置かれた指を見て、お爺さんは渋々話し出したそうだ。

「あの指は、一族の歴史の中で、障害を持って生まれてきて早死にした人間のものなんだそうだ。土葬の時代にわざわざ指だけもいで、壺に入れてカウントしてたんだと」

X氏は、酔いが醒めたような真顔になっている。

「ずっと昔の先祖の時代に、妙な取り引きをしたっていう話が代々伝わっていて、これは分家の俺は知らなかった話でな、代々本家の家長になる人間だけが聞かされるもんらしい。本来は漏らしちゃなんねぇ話だっつうんだけど、ホラ、本家ももう跡取りがいないし、こんなモン持ってこられた以上、もういいだろって、爺さんがな」

X氏と同世代の親戚は、他家に嫁に出た何人かの女性以外、皆亡くなっているらしい。

「本家っつーのは元々土地持ちでな、ある時代まではかなり裕福な暮らしをしていたんだ。これは俺も知ってた。ただ、その土地を得る際に『土地貰うかわりに子孫を千人差し出す』っていう約束をしたんだと、ご先祖様が」

一体誰とそんな約束をしたというのか？

「何かの神様だって伝わってたらしい。戦後間もなくぐらいまでは専門の神棚みたいなのを設えてたそうだ。でも、爺さんの親って人がそんな妙な信仰は止めるって、ぶっ壊してしまったんだって話よ。それまで神棚に祀ってあった例の壺は、それ以来納屋で保管されてたそうなんだけど、四十年前に墓を新しくした時に爺さんがそれをそこに納めたってわけだ」

つまりその神様への捧げものとして、早死にが生じるということなのだろうか？

「まぁ話としてはそうなるだろうな、財産と子孫の命を交換したっていうことだろう。信仰にあたっては四足は食うなとか色々なしきたりがあったって話だが、爺さんの親の段階で断絶しているから、爺さん自身も詳しくは教えられなかったようだ」

気になって仕方ない。

「ただ、その爺さん、先祖代々の神様の扱いは教わらなかったかわりに、親から全く別な見解ってのを伝えられたんだと」

そう言って、X氏は暫く黙り込んだ。

「爺さんの親の弁によれば、そんな神様は初めから居ないんだそうだ。一族に障害を持って生まれる人間が多かったために、それに結び付けて生まれた後付けの信仰だろうって。わざわざ指を落してカウントしてたのも信仰に真実味を持たすための演出に過ぎないと」

しかしではなぜ、一族に障害が出やすいのだろう?

「どうもな、うちの一族が住んでいる土地では、海や農地の権利を集中させるために近親婚が繰り返されていたらしいんだ。昔は寿命が短かったから、世代交代も早いだろ? それが何代も続くうちに、虚弱な人間が多く出るようになったってのが爺さんの親の見解だったそうだ。それなら土地にも話が絡んでくるし、それが俺らの代にまで続いてるっていうんなら、今のこの現状の説明にもなる」

なるほど、としか言えない。

「昔は子沢山《だくさん》が当たり前だったから、弱いのもいれば強いのもいて、兄弟姉妹のうちで何人か死んだところで家が断絶するってことはなかったんだろう。だけどよ、俺らの代は多くてもせいぜい三人が限度って時代になっちゃったから、運悪く家が終わったりもすると」

それにしても運が悪すぎないだろうか……。

「うん、俺はこの話、どうも嘘くせえなって思ってんだ。あまりにも出来過ぎっていうかさ。まるで何か別なことを隠すための方便みたいに聞こえる。だってよ、爺さんの親って人は、神棚壊して信仰も辞めたのにあの壺だけ残してるってのはおかしくねえか？　それにさ、確かめたわけじゃないけど、あの壺の中にはかなりの量の指が入っていると思うんだ、いくら早死にの家系だって毎度毎度そんなに障害者ばっかり生まれるかね？　何時《いっ》の時代から始まったものなのかわからんけど、ああやって残っている以上そこまで古いもんでもないんだろうし。もっと言えば、さっきの話では事故死してる奴らに関しては説明できないだろ」

確かに。

「最後の最後でパッとしなくて悪かったな、パッとしなさついでにもう一個気になる事があるんだ。その本家の爺さん、両手の薬指が無いんだよ。事故でやっちまったって話だけど、どうもそれも嘘くせぇ、っていう」

X氏は『絶対にどこの土地の話なのかわからないように書けよ』と私に念押しした。

I君とワープ

I君の父方の実家と母方の実家は車で二十分程度離れた距離にあり、彼が小さい頃は休日などに家族で母方の実家に寄った後は、必ず父方の実家にも顔を出すというのが定番だった。母方の実家には祖父と祖母が二人で住んでおり、静かで落ち着くものの、子供だったI君には面白みに欠け物足りない。対して父方の実家は年上の従兄妹たちがいるため、玩具《おもちゃ》も沢山《たくさん》あり、賑やかで楽しかった。

両親は大体の場合、最初に母方の実家で茶飲み話に興じ、それを終えた夕方ごろに父方の実家へ向かい、そちらで酒を飲みながら夕食をご馳走になるという流れを選んだ。

I君としては、早く父方の実家へ向かって従兄妹たちと遊びたいという思いがあり、母方の実家で両親がのんびりしているのを眺め、一人でやきもきしていた。

小学校高学年のある日、いつものように母方の実家でくつろいでいる両親を尻目に、I君は一足先に父方の実家へ向かった、徒歩である。

彼の中では十分歩いて行ける距離という算段であったそうで、事実、何の問題も無く父方の実家に着いた。すると、彼を見た祖父母や伯父夫婦が大層驚いている。

「一人で来たの?」「どうやって……」そんな声を聴き、I君は自分が褒められているようで嬉しかったが、連絡を受けやってきた両親からは酷く叱られた。

しかしそれ以上に不思議がられた。両親がI君から目を離した時間と、父方の実家から連絡を受けた時間を考えると、どう考えても無理が出る。距離にして十数キロの道のりを、時間にして数十分で移動した計算になるのだ。子供の足でなくとも、二時間近くかかっておかしくない道のりを、どうやってそんなに早く移動できたのか?

I君にしてみれば、歩いて来たら着いた、としか言えない。タクシーを使うわけでもバスに乗り込んだわけでもない、そんなお金を持っていないことは両親も知っている。するとどうやって? I君はそれから暫《しばら》く両親に絞られたが、彼らを納得させるような理由を述べる事ができず、ただ泣きじゃくった。

それから二十年経ったが、妙な体験はこれきりだそうだ。

面白い体験だねと言う私に、彼は皮肉な笑いを向けた。

「宇宙人にアブダクションされたという人たちの中には、何らかの犯罪的な行為の被害者であったことを自らの記憶から消し去るために、あえてUFOに拉致された記憶を捏造《ねつぞう》する人たちが多くいるって以前に何かで読んだ事があるんだ。自分に降りかかった屈辱的な出来事を〝なかったこと〟にするために、脳はそんなこともやってくれるらしい。僕のケースは単純に言って車に乗って誰かに運ばれたんだと考えればそれで説明がついちゃうんだよね。その事実を僕が覚えていなかったっていうだけでさ。あぁ、別にそんな深刻そうな顔をしなくてもいいよ、あくまで合理的に考えるとそれ以外にないってだけで、僕はあの出来事を〝不思議なこともあるんだね〟で済ませていいと思っている。僕はね、だからそういう意味でオカルト肯定派なんだよ。だけどそういう大らかな部分を逆手にとって悪事を働こうとする人たちがいるでしょう？だから僕の体験は〝不思議なこと〟として書いてもいいけれど、今僕が言ったセリフまでを含めて完結させて欲しいね」

実際に何か覚えているのか？　という最悪な質問をした私にI君が言う。

「ぜんぜん。今の今でも〝ただ歩いていたら着いた〟って記憶しかないよ。でもそんなわけはないだろってのも思ってはいる、大人だからね。あるとかないとかじゃなくて、その辺のバランスを取っていくのがアンタ等の仕事でしょ？　あってもなくても困るってのは難しいねぇ、でもまぁ僕は、自分がワープしたんだって信じているよ」

あの日の話

この話は書こうかどうか悩んでいたが、書くことにした。

今から五年前の話である。

ぁあ、兄ちゃん、何そんな顔して。幽霊の話なんてねぇよ？　お前《め》ぇも散々嗅ぎ回ったんだべ？　あの辺うろちょろしてんの見だごとあるわ、視だの？　だべ？　視えねぇょんなもん。

出でくんなら出で来て欲しいど思う、あんまりだ、ほんとあんまりだこれ、このすかげ（状況）見ろや、何も、全部流されでしまって、クソもミソも一緒だもの、こんなのあんまりだぁ、やってらんね、あぁやってらんねよぉだれ、俺の町だもの、暮らして来たんだもの。

何や？　あぁ？　そりゃ無《ね》ぇって方がおがしいべや、こんだげ死んだんだぞ？　まだ、見つかってねぇのもいっぺぇ居んだがら、視でぐねくても視る奴もいっぺど（いるだろう）そりゃ、当だり前ぇよぉ、それが人っつーもんだべがい、流されだがら、死んだがらハイサヨナラって、そんな風に思われでぇが？　くたばってでも何してもよ、そうだべ？　それが人情っつーもんよ。

だがらまぁ、お前《め》ぇのそういうどごは嫌《きれ》ぇじゃねぇよ、だげんとそんな話、面白おがしぐ語《かだ》ってなんねど？　人のごど考えねばなんねど？　嫌《や》んたどご語って、聞きだぐもねぇ人んどごでそんな話すんのはオメ、ブ殴ってんのど変わんねぇっつーごど、覚えどげよ？

あーあーあー、そうだな、んでもせっかぐこうやって酒も飲まして貰って、なぁ？　せっかぐだもの、笑っていい部類の話、語って聞かせっか？　何？　あぁいいがら黙って聞げ、めんどくせえ、ああ、あの日のごどよ。

あの日な、俺家さ居だの、海っぺりの、もう流されで無《ね》ぇげんとも。そんであれ、揺れ始めでよ、グラグラぐらぐら、あぁあんなに揺れだごど無《な》がったがら、俺もビックらこいでよ、テレビ点けだっけ六メートルだっつんだな、酒コ飲んでだがらよ、こういう場合は車運転してもいいんだべがど思って、なんぼが悩んでるうぢにこんどテレビがバヅっと消えでしまったべ？　ああこれいよいよだど思って、通帳ど煙草ど仏壇の位牌だげ持って逃げだんだ、だれ走って逃げだっちゃぁ（もちろん走って逃げたよ）、車で行ってだら危ねがったな、ああいう時は損得考えでだめよ、夢中んなって逃げねば、命取られる。

ほんでな、ワラワラど走って、冷や冷やしながら高台さ向がって、んでもあぁいう時って不思議ど冷静になってるもんなのな、頭ん中冷んやりして『あぁ、あの姿何処の誰だな』どがってな、それどころじゃねぇのに思うもんなのな。あの馬鹿、鍋持って走ってるなんて、どうでもいいようなごど、今でも覚えでるもの。

そんな中で、見知った顔あったんだ、つっても近しいわげでねぇよ？　もう流れでねぐなったげんとあそご（あそこ）のスナック、なんつったたっけな、まぁいいや、あそごのスナックで顔見る奴だなって、思って。

そいづ等、三人で跳ね比（競走）するみでに走ってでよ、次々に先の人にかっついで（追いついて）、走ってだった。俺も急いでだがらよ、そいづ等にかっつぐようにして間もなく、高台さ着いで、波はまだ来てねがったな。

そっからはもう、お前ぇも見たべ、語らいねぇ……ほんとに惨《むご》い。泣ぐ人叫ぶ人塩梅《あんべ》ぇ悪ぐする人、様々だったな。俺も立っていらいねがったよ、座り込んで、ぼやっと見てだ。そしたらよ、さっきの三人も同じようにして突っ立ってだのよ、話しかげるでもねぇがら、俺もぼさっとしてだんだけど、急に煙草吸いでぐなってな、後っけの方さ行って火い点けで、眺めったっけ奴らも来てがらにタバコ吸い始めで、何も喋んねぇでな。そんで後、建物の中さ入ってよ、避難所さ、寒みがったどもしゃあねぇ、生ぎでるだげみっけもんだど思って、休んでな。

ほいで次の日よ、朝っからバダバダって居らいねぇがら（うるさくてかなわないから）、外に出て様子見にウロウロ歩いでな、避難所さ戻って来たのが昼頃さ、食い物断ってまだ煙草吸ってだら、ホレ、子供もいっから（いるから）喫煙所で吸わねばってごどで、喫煙所つったって一斗缶ただ置いただけの場所だげどもな、そしたら昨日の奴らも一緒になって。話はしねぇよ、だれぇ知らねぇ人だもの。

昨日まで三人で居たやづ、その日は二人しかいねぇわげ、そしたらさぁ、その二人が妙な話し語ってんだわ。

『一緒に逃げて来たよな？』『逃げて来た』『しかし何処さ行ったんだべ』『夕んべ寝る前は居たぞ』なんつってよ、どうも三人の内の一人がどごさ行ったが居ねぐなったみでえな話してんのよ。

確かに、さっき言ったスナックの顔見知りのあんちゃんな、あいづが居ねんだわ、次の日つったたって町中流されでぐちゃぐちゃになってるわげだがら、無茶でもしねぇ限り高台がら遠くになんて行がれねえのさ。俺も気になって聞き耳立ててよ、そうすっとやっぱりそうだなみでえな話でよ、ふーんつってだんだけど。

次の日も次の日も、煙草吸う場所は同じだがらその二人どは顔合わせんのさ、なづったべやど（どうなっただろうと）思って、黙って話語り聞いでだら、まだ見つかってねぇって、何処さいったんだべなんて語ってんの。

結局よ、どうなったど思う？　そのあんちゃん、なぁ、俺は大体分かってだげどな、死んでだんだっつぁ、四日目に高台の下の辺りに流されでんの見つかったってよ。

その二人顔ば青ぐしてよ、語ってんだわ。『一緒に逃げて来たよな？』『どういうごどや？』って、おがしいおがしいって。なぁ、そいづ等がどんな関係なんだがなんてわがんねげんともよ、俺もあの日三人で逃げでんの見でだがらよ、少し思うどごあってな、よっぽど語ってやっぺど思ったんだげど止めたんだわ。ふふ、何でがわがっか？　わかんねならいいや、そのまま聞げ。

その後な『幽霊だったんでねぇの』っつー話になったんだわ、俺以外にも何人が知ってる人居たみでぇでな、逃げ遅れだ所で魂だけになって一緒に逃げで来たんでねぇのがって話になって行ったんだわ、避難所で。ちょうど高台の下さ流れ着いでだってのもあったがら、よっぽど一緒に居でがったんだべおん（よほど一緒にいたかったのだろう）って、そんな風になって行ったんだわ。

どう思う？

なぁ、お前ぇの好きそうな話だべ？　どう思うよ？　あぁ？　ふふ、お前のそういうどこ大好ぎだわ、話したかいあったわ。

な、幽霊だったんだよ、俺が見だのも奴らが見だのも。

いやぁほんとに、お前ぇに語って良がったわ、心残りもねぐなった。

ん？　あぁ俺？　引っ越すよ、友達のツテあっからよ、だれぇ、頑張ろうだの絆だの、降って湧いたみでぇな文句に酔っぱらってる町さ居だぐねぇよ。考えでもみろや、これまで助け合ってなんてやってきたが？　お前ぇこの町好きだったが？　周りの奴ら信じられっか？　なぁ、でっけぇ波被ったがらって、いぎなり何も知らねぇ善人みでになるってがよ……。馬鹿にしくさって、ほんと。

まぁ、んでも、なるんだろうな、その気になれば何でもそういうごとになんだべな。そうだったつうごとによ……。俺はやだよ、ここいらど（この辺の奴らと）まとめられんの嫌んたがら、出て行ぐの。

お前ぇは素直に、この立派な町で、幽霊信じて生きて行け。

因果の行方

B君はその日、クラスメイトのO君がU字の針金をコンセントに突っ込まされる様子を遠くから見守っていたのだそうだ。

「いかにも弱々しいんだよね、外見もそうなんだけど存在感が『ああ、コイツ弱いな』っていうタイプ。だから何かあると必ずからかわれるんだよ」

図書室で本を読みましょうという時間だった。不幸なことに先生はその場におらず、その行為を咎《とが》めるような人間も同級にはいない。

「クラスの悪ガキ連中がさ、囃《はや》し立てながらOに針金持たせて『勇気出せ！』とか『頑張れ！　頑張れ！』って。Oはもう諦めたような顔してるんだ、俺を含めた他の生徒も沢山いたんだけど、誰も止めなかった。強要してた奴らも、Oも、他の連中も自分のクラスでの役割に忠実っていうかね」

B君のクラスには『そのような行為を止める役割』の人間は居なかった。

「俺も『遠くから可哀そうにという顔で見守る』という役割を忠実に果たしてたよ」

O君の、聞いたことも無いような叫び声と共に、U字の針金はポトリと床に落ちた。

真っ赤に加熱されたそれは、コンセントの周囲を焼き、床をU字型に焦がした。

「Oがね、泣き笑いみたいな顔で『こんなんなった』って自分の指を見せるんだ、範囲は広くないけど、ミミズが埋まったような酷い火傷《やけど》だった」

周囲の教室のブレーカーが落ちた事に気付いた先生が、様子を見にやってくる。

「先生からみれば、いつも悪ガキ連中と一緒にいるOは奴らの仲間って認識だったんだと思う。悪ふざけが過ぎるって怒られてたのもOだった」

先生の怒声とともに、保健室に連行されていくO君。

どうやら彼は、それが強要されたものであるということを喋らなかったらしい。

「Oにしてみれば、そんなことはこれまで何回もあったんだろうと思う。俺は彼とは別な小学校だったから詳しくは知らないけど、中学に上がる前からそんなんだったって他の奴らが言ってるのを聞いたことがある。Oの中では『友達』なんだって、何をされても友達ってそういうもんだと思ってるから、当たり前なんだろうって」

『可哀そうにという顔で見守る』という役割だった他の全ての生徒は、その時に何があったのかを誰も喋らなかった。『いじめを先生に告発する』という役割の生徒もまた彼らのクラスには不在。

「自分に火の粉が降りかかってくる可能性を考えればね……何よりもＯ自身が『それでいい』っていう雰囲気を出してたから……ある意味では皆がＯに甘えてたんだと思う、彼の態度は、俺らの罪悪感をなかったことにしてくれるものでもあったんだ」

次の日、Ｏ君は学校を休んだ。

「俺は、前の日の火傷が原因かなと思っていたんだけど、そうじゃなかった」

Ｏ君の休みは、母親の葬儀のための忌引きだった。

その日の地元紙の朝刊に、線路を歩いていた女性が列車にはねられ死亡したという記事が載っていたのだという。

その女性がＯ君の母親であった。

「知っている奴は最初から知っていたみたいだ。内容が内容だから俺なんかのところまで情報が回ってきたのは、Ｏが戻ってきた後でね」

指に包帯を巻き、表情がこれまでと違った様子のＯ君はとにかく痛々しく見えた。

「『お母さんは仕事に行くための近道として線路を歩いていたところを運悪く列車にはねられた』ってOが言うんだけど、そんなわけないよね、自殺だよね、どう考えても」

B君は家に帰ると、自宅にある新聞の束の中から数日前の朝刊を漁ってその記事を見た。

「死亡事故だから何月何日の何時ごろって書いてあってさ、そんでその時刻ってのが……」

O君がコンセントに針金を突っ込んでいたあのタイミングであった。

「何なのかわかんないんだけどさ、俺、ピンと来たんだよ。Oの母ちゃんが列車に轢かれたのは、あの日、Oがコンセントに針金突っ込んだからだって」

言っている意味が全くわからないが、とにかくB君はそう感じたのだと語る。

「だからあの日、俺があんな馬鹿な事を途中で止めさせていれば、Oの母ちゃんが死ぬこともなかったんじゃないかと思って……」

母親が亡くなってなお、O君に対してのいじめは続いた。

B君は忸怩《じくじ》たる思いを抱きながらも、結局その行為を止めることはできなかった。

「それで、本当は行きたくなかったんだけどね、成人式」

中学を卒業して五年後、正月明け早々のこと。

「うちの町は中学ごとにグループを作らされて会場に座るから……」

あの頃のクラスメイトが顔を合わせる。高校が別だった人間とは五年ぶりの再会。振袖《ふりそで》、袴《はかま》、作ったばかりのスーツ、そんな艶やかな出で立ちの新成人が集う会場にO君の姿は無かった。

成人式後は、中学校ごとに近隣のホテル等を会場とした同窓会が執り行われる。

「それまで時間が開くから、中学校に顔出すってのが定番みたいになってるらしくて」

寒い中、部活で汗を流す後輩を冷やかしながら校舎に向かう。

中学校の教室を見て回り、やがて図書室。

「あの時の、Uの字型の焼け焦げがまだあって……」

当時O君にそれを強要したうちの一人が、それを指さし笑う、つられて皆も笑う。

「もう思い出話なんだ、あんなクソみたいな出来事ですら『懐かしいね～』なんて、せめてOがその場に居てくれたのなら、それでも良かったんだけど……」

その日、O君は自宅で首を吊っていた。

「成人式があった日っていう話だから、何時ごろのことなのかはわからない。だけど俺にはやっぱり直感があって、きっと俺らが中学校の図書室であのU字の焼け焦げを見てた頃だったんだろうなって」

B君だけが直感した、奇妙な偶然。

「Oの母ちゃんの時と一緒、だからあの日、俺らが中学校になんて行かなかったら、Oが首を吊ることもなかったんじゃないかって、俺はそう思ってる」

なぜ、そう思うんだろう？

「考えすぎなんじゃないの？」

「もちろん、科学的な証明なんてできないのはわかってる」

「いや、そうじゃなくて……」

「Oが成人式のあの日、首を吊ったのが何時ごろの事なのかはわからない。お通夜にも出たけど、そんな事聞ける様子じゃなかったし……」

「だからそうじゃなくて、普通、そんな所に因果を求めたりはしないよって話」

「因果？」

「O君とそのお母さんが自殺してしまった時、確かに君は二回とも図書室のコンセントの近くにいた。そしてO君の存在を笑いものにしている人間を咎めることができなかった。それはまぁ事実なんだろうと思う。だけど、その行為は対象であるO君にも、O君のお母さんにも直接的には関係ないよね？　でも君は、それが原因だと思っているっていうことでしょ？　それは飛躍しすぎなんじゃないの？」

そんなことじゃなくて、とB君が頭を掻きむしる。

「俺が言いたいのは、あの時、あの教室で針金突っ込まされたOの気持ちがOの母ちゃんに届いてたんじゃないかっていうこと。成人式の日に俺らが図書室でOを思い出して笑っていた時、その笑い声がOに届いていたんじゃないかってこと、それが自殺に繋がったんじゃないかってこと、そういうこと」

そう言って、涙目になっているB君を見て、なんとなくわかった。

B君は中学の頃から自分の中にわだかまっている罪悪感を処理しきれなかったのだ。

彼は『遠くから可哀そうにという顔で見守る役割』ではなく『そのような行為を止める役割』の人間になりたかったのだ、そしてそれが出来なかった、成人してなお。

普通は関連付けない因果を持ち出してきたのは、彼自身がその因果の中で罰せられたいと欲したからだ。

「O君の幽霊、見えないの?」

「そんなもん、出るんだったらとっくに出てる、でも出て来てもくれない」

自殺してしまったO君の『気持ち』は、幽霊としてすら形を結ばず、B君が無理矢理引っ張った因果の線の中で、B君の解釈の元、B君の周囲を今もぐるぐる回り続けている。

あとがき

五度、お目にかかることとなりました、小田イ輔です。

この度は拙著をお買い上げ頂き、まことにありがとうございます。

読者の皆様のおかげをもちまして、今回も何とか書き上げることができました。

お楽しみいただけましたらそれに勝る喜びはありません。


季節はすっかり春でございます。

障子の破れ目から入り込んだ春の日差しが、私の部屋をポカポカと包んでいます。

頭を掻きむしりながら、眠気覚ましにコーヒーをがぶ飲みし、キリキリした胃の痛みを堪えつつキーボードを叩いていた昨夜までが嘘のように穏やかな気持ちになっています。

今回はこれまでになく難儀しました。

これまでも手探り状態で一話一話を紡いでまいりましたが、今回ほど苦しかった事はありませんでした。何故なのかと問われれば、私のスケジュール管理が甘かったからだというのがその主な理由で、では何故スケジュール管理が甘かったのかといえば、蒐集した一話一話に向き合うのを避けたいような気持があったためであり、では何故それを避けたかったのかと言うと、それに向き合うのはとても苦しい事であるのだと、ここに来て芯から自覚してしまったからであるのだろうなと考えます。

人によって、さまざまな取材スタイルがあるのだと思うのですが、私の場合は、なぜかすんなり「話だけ聞く」という事ができず、ついつい冗長に感想を述べたりしているうちに自分自身の悩みであるとか、話者の方の問題であるとか、怪談とは全然関係の無い方へ話題がスライドし、怪談では無い部分で意気消沈、そしてそのまま沈殿、という展開が多くあるのです。ある一話を文字に起こすということは、それらの思い出まで含めて頭に状況を再現しなければならず、それが鈍痛のように精神を蝕むのです。

ここで読者の皆様にお話を読んでいただく喜びとは別に、お話を提供して下さった皆様が「話してよかった」であるとか「聞いてもらってすっきりした」などという言葉をかけて下さることがございまして、それもまた私の喜びの一つであるのですが、何と言うか、そうしてコレクションに加わっていく一話一話の重みが、ここに来て急にキツく感じるとでも言いましょうか、そんな具合になっております。

もちろん、これはひとえに私の不用心さが招いた結果であり、話者の皆様のご恩情深い心使いによってこうして本を出させて頂いているわけですから、それに対する感謝の心は常にあるわけです、そうではなく、勢い何十話もそう言ったお話を伺い、蒐集していくということがどういうことであるのか、その事に対する私の認識が著しく甘かったのだなと、反省しておるわけでございます。

私はあとどれぐらいこの蒐集を続けて行けるのか、どうやらそれも時間的に限界があるというだけではなく、私という人間の器の部分での限界が恐らくあるのだろうと、そういう風に思うようになりました。

自分自身の器を広く頑強なものにするため、精進を続けて参ります。

願わくば、読者の皆様、話者の皆様の日々が健やかなものでありますよう。

二〇一六年春　小田イ輔

追伸

やはり今回も多大な助力を賜りました、担当編集のN女史に最大の感謝を。

竹書房ホラー文庫、愛読者キャンペーン!

心霊怪談番組「怪談図書館's黄泉がたりDX」

*怪談朗読などの心霊怪談動画番組が無料で楽しめます!

*4月発売のホラー文庫3冊(「「超」恐い話 憑黄泉」「実話コレクション 忌怪談」「怪談四十九夜」)をお買い上げいただくと番組「怪談図書館'S黄泉がたりDX-13」「怪談図書館'S黄泉がたりDX-14」「怪談図書館'S黄泉がたりDX-15」全てご覧いただけます。

*本書からは「怪談図書館's黄泉がたりDX-14」のみご覧いただけます。

*番組は期間限定で更新する予定です。

*携帯端末(携帯電話・スマートフォン・タブレット端末など)からの動画視聴には、パケット通信料が発生します。

パスワード
9rt6d7w6

QRコードをスマホ、タブレットで読み込む方法

■上にあるQRコードを読み込むには、専用のアプリが必要です。機種によっては最初からインストールされているものもありますから、確認してみてください。

■お手持ちのスマホ、タブレットにQRコード読み取りアプリがなければ、i-Phone,i-Padは「App Store」から、Androidのスマホ、タブレットは「Google play」からインストールしてください。「QRコード」や「バーコード」などと検索すると多くの無料アプリが見つかります。アプリによってはQRコードの読み取りが上手くいかない場合がありますので、その場合はいくつか選んでインストールしてください。

■アプリを起動した際でも、カメラの撮影モードにならない機種がありますが、その場合は別に、QRコードを読み込むメニューがありますので、そちらをご利用ください。

■次に、画面内に大きな四角の枠が表示されます。その枠内に収まるようにQRコードを写してください。上手に読み込むコツは、枠内に大きめに収めることと、被写体QRコードとの距離を調整してピントを合わせることです。

■読み取れない場合は、QRコードが四角い枠からはみ出さないように、かつ大きめに、ピントを合わせて写してください。それと手ぶれも読み取りにくくなる原因ですので、なるべくスマホを動かさないようにしてください。

実話コレクション 忌怪談

2016年5月5日 初版第1刷発行

著者 小田イ輔
デザイン 橋元浩明(sowhat.Inc.)
企画・編集 中西如(Studio DARA)
発行人 後藤明信
発行所 株式会社 竹書房
〒102-0072 東京都千代田区飯田橋2-7-3
電話03(3264)1576(代表)
電話03(3234)6208(編集)
http://www.takeshobo.co.jp
印刷所 中央精版印刷株式会社

定価はカバーに表示しています。
落丁・乱丁本は当社にてお取り替えいたします。

ISBN978-4-8019-0703-4 C0176